FUSION FANTASTIC STORY

MONSTER HOLE

몬스터 홀

킹메이커 장편 소설

몬스터 홀 7

킹메이커 장편 소설

초판 1쇄 찍은 날 § 2015년 4월 7일
초판 1쇄 펴낸 날 § 2015년 4월 14일

지은이 § 킹메이커
펴낸이 § 서경석

편집부장 § 권태완
편집책임 § 한준만

펴낸곳 § 도서출판 청어람
등록번호 § 제387-1999-000006호
등록일자 § 1999. 5. 31
어람번호 § 제1-2097호

주소 § 경기도 부천시 원미구 부일로 483번길 40 서경B/D 3F (우) 420-822
전화 § 032-656-4452 팩스 § 032-656-4453
http://www.chungeoram.com
E-mail § chungeorambook@daum.net

ISBN 979-11-04-90189-8 04810
ISBN 979-11-316-9279-0 (세트)

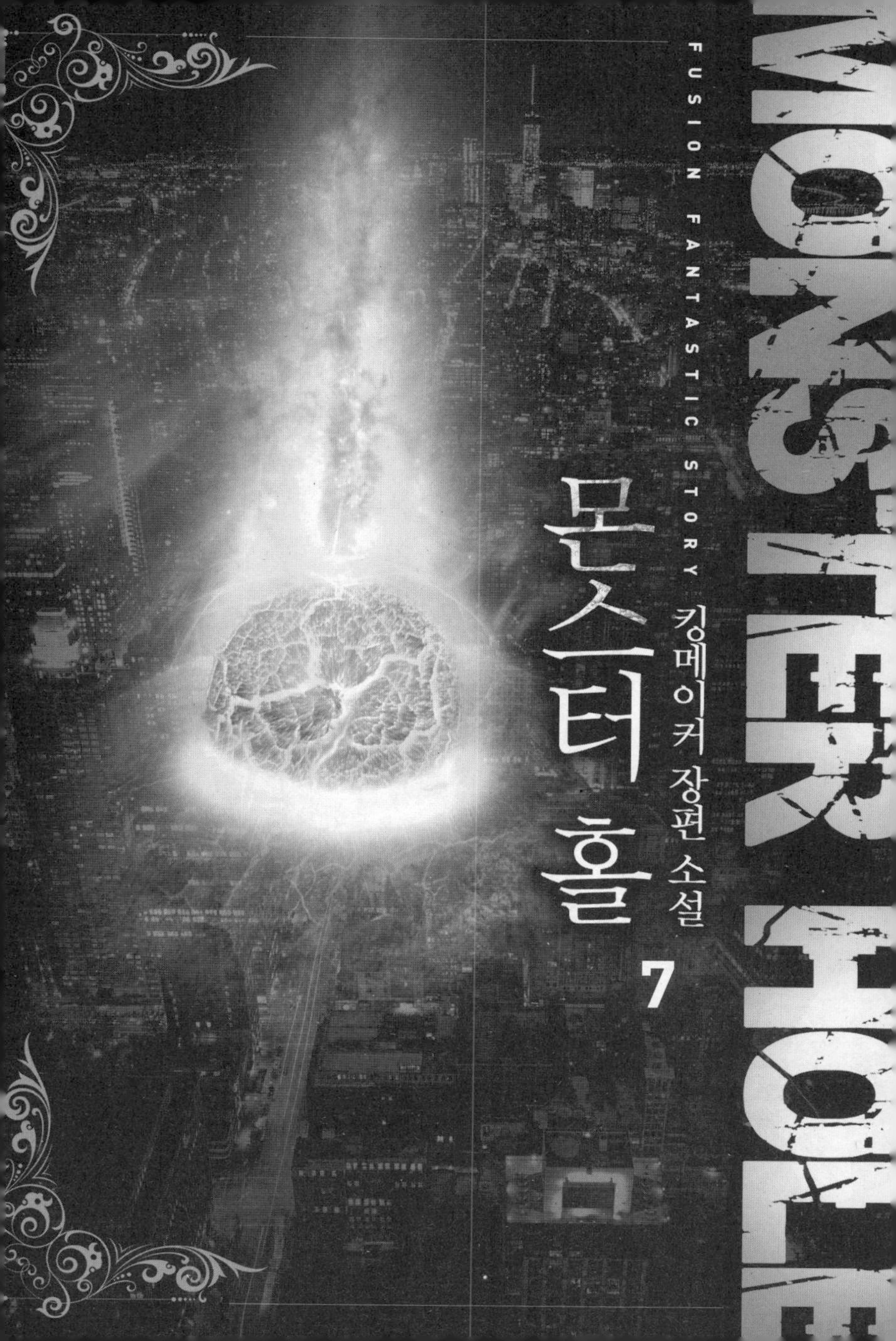
MONSTER HOLE
FUSION FANTASTIC STORY
몬스터 홀
킹메이커 장편 소설
7

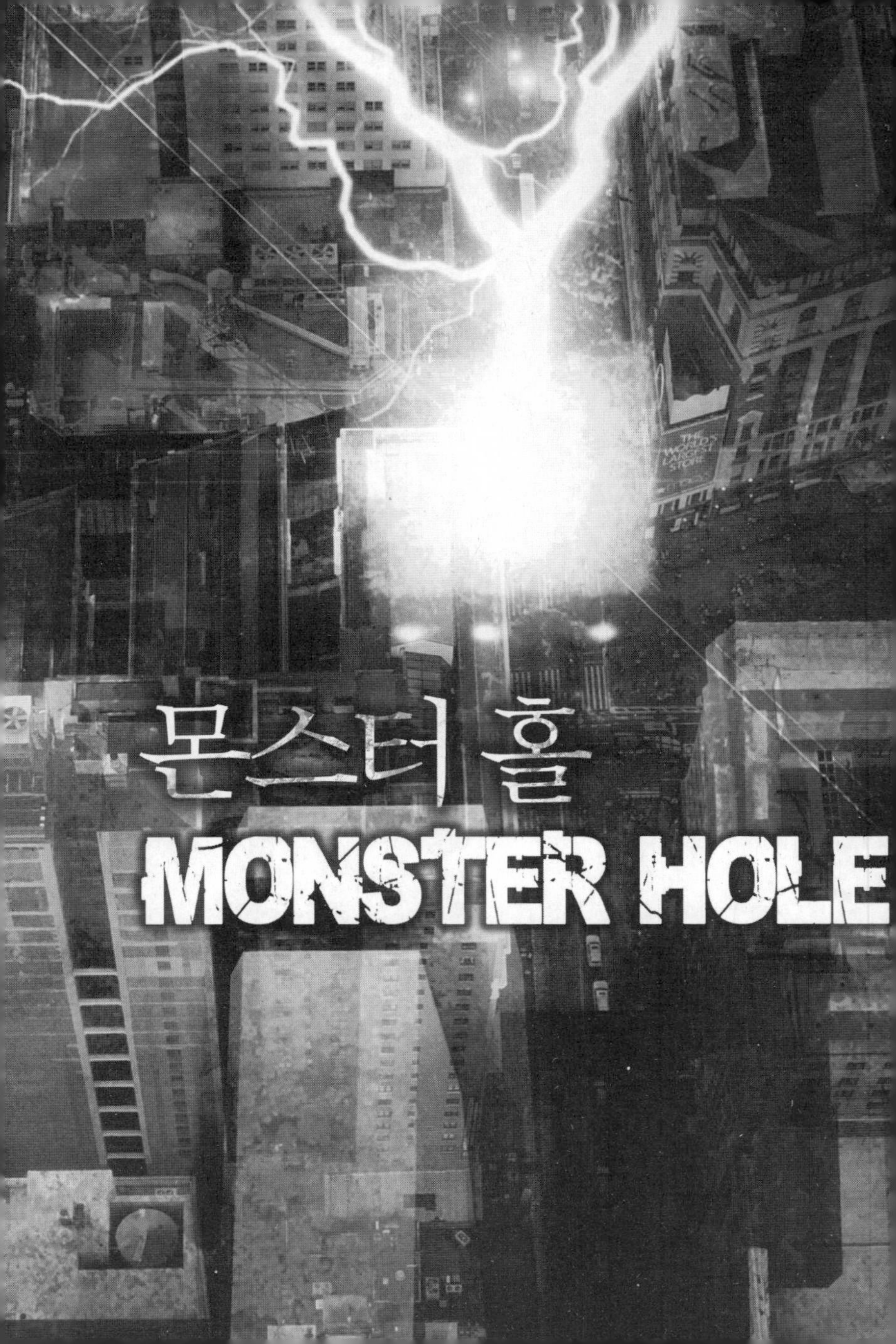
몬스터 홀
MONSTER HOLE

CONTENTS

제1장
축성 II

　도쿄 청사 앞의 푹 파인 공터에 한국 귀환자 조합원들이 나
타났다. 그들은 서로를 쳐다보며 미소를 지었다. 마지막 보스
몬스터는 성준이 제거했지만 그래도 나쁘지 않은 결과였다.

　성준도 만족스러웠다.

　보스 몬스터를 제거하기에는 일행의 피해가 클 것 같아 본
인이 나섰지만 조금 더 훈련하면 이제 2레벨 공략은 이들 일
행만으로도 충분할 것 같았다.

　일행이 몬스터홀을 제거하고 서로 축하하고 있을 때 한 일
본인이 전화기를 들고 다가왔다. 전에 일행을 맞이한 하세베

신이치라는 이름의 중년의 정보요원이었다.

"한국에서의 전화입니다."

성준은 어리둥절했다. 방금 몬스터홀에서 나왔는데 어떻게 알고 벌써 전화를 했단 말인가.

"전화 바꾸었습니다."

―조 실장입니다. 방금 일본에서 조합장님이 몬스터홀을 정리했다는 연락을 받았습니다.

"네, 모두 무사히 돌아왔습니다."

―다행입니다. 축하드립니다.

"그런데 상당히 급하게 연락하셨네요?"

―네, 문제가 생겼습니다. 어제 조합장님이 몬스터홀에 들어갔을 때 3레벨 몬스터홀이 발생했습니다.

성준은 조 실장의 말에 표정이 나빠졌다.

결국 인간의 실수로 발생한 게 아닌 자동 발생한 3레벨 몬스터홀이 생긴 것이다. 하지만 이미 생긴 것은 어쩔 수 없었다. 그는 어차피 생긴 몬스터홀은 제거해 버리면 될 것이라고 생각했다.

"알겠습니다. 어느 나라입니까? 시간은 좀 있으니 한국에 돌아갔다가 시간에 맞추어 진입해야겠군요."

―그게 문제입니다. 몬스터홀이 발생한 곳이 내전 중인 중앙아프리카 공화국의 수도 방기입니다. 그리고 더 큰 문제는

얼마 전에 반군에 의해 수도가 점령당했다는 겁니다. 아직도 그곳은 전투 중입니다.

성준은 조 실장의 말에 할 말을 잃었다.

—지금 미국이 나서서 방법을 찾는 중인 것 같습니다. 계속해서 조합장님을 찾는 전화가 쏟아집니다.

"알겠습니다. 바로 돌아가겠습니다."

전화를 끊고 성준은 한숨을 내쉬었다. 이런 문제는 성준이 어떻게 할 수가 없어 더욱 난감했다.

성준의 표정이 안 좋아지자 그의 가디언들이 성준에게 다가왔다.

"표정이 안 좋아요. 무슨 일인가요?"

그에게 다가온 수리가 성준에게 물었다. 하은도 그녀의 곁에서 궁금한 표정을 짓고 있다.

성준은 그녀들에게 사정을 이야기했다. 둘의 표정이 모두 심각해졌다.

"내전 중인 나라에 3레벨 몬스터홀이라니, 어떡하죠?"

하은은 성준과 같은 걱정을 하고 있었지만, 수리는 조금 다른 걱정을 했다.

"아무래도 정상이 아닌데요? 아직 정상적인 2레벨 몬스터홀도 몇 개 없는데 벌써 3레벨 몬스터홀이라니… 저희 때보다 너무 빨라요."

성준도 수리의 말에 이상함을 느꼈다. 몬스터홀들이 뉴욕 몬스터홀 이후로 계속 정상을 벗어난 모습을 보이는 것 같았다.

"여기서는 더 이상 알 수가 없겠어. 우선 돌아간다."

성준은 일행을 모았다. 그리고 그들은 서둘러서 전용기를 타고 한국으로 돌아갔다.

일행은 피로에 지쳐서 모두 오피스텔로 올라갔지만 성준은 하은, 수리와 함께 새로 단장한 중앙회의실로 향했다.

성준이 입구에서 위를 올려다보자 '영상회의실'이라는 문패가 보인다.

이 회의실은 전에 본 청와대의 영상회의실과 똑 닮은 모습이었다. 전면에는 많은 모니터가 있고 벽 쪽에는 자리에 앉게 되는 사람을 향해 카메라가 설치되어 있다.

조 실장은 청와대 회의실이 부러웠던 모양이다. 예산을 많이 받아가더니 이런 식으로 꾸며놓았다.

회의실에는 조합 직원들이 장비 옆에서 화상회의를 준비하는 것 같았다.

회의실의 한쪽에는 조 실장이 앉아 있다. 성준은 반갑게 맞이하는 조 실장과 악수를 하고 자리에 앉았다.

조 실장은 바로 이야기를 시작했다.

"우선 현재까지의 상황을 설명해 드리겠습니다. 어제 한국 시각 13시경에 중앙아프리카 공화국 수도 방기에서 3레벨 몬스터홀이 발생했습니다. 다행히 유엔에서 파견된 감시단 중 한 명이 몬스터홀의 문양을 카메라에 담아 인터넷에 올렸고, 3레벨 몬스터홀로 확인되었습니다."

조 실장이 터치패드의 화면을 성준에게 보여주었다. 거기에는 러시아에서 본 문양이 있었다.

성준은 문양을 보고 위화감에 고개를 갸웃거렸다. 문양이 조금 다른 느낌이다. 어디서 본 듯한 느낌에 고민하던 성준은 영기분석으로 확인해 보아야겠다고 생각했다.

"최초에 끌려들어 간 사람들이 3레벨 던전에서 살아나올 확률이 존재하지 않으니 남은 시간은 거의 12일 정도로 보입니다. 그동안 진입할 방법을 찾아야 할 것 같습니다."

성준은 고개를 끄덕였다. 어차피 3레벨 몬스터홀을 그대로 놔둘 수는 없었다. 시간이 지나 외부 던전이 되고 사람이 부족해 몬스터홀이 다음 레벨로 레벨업이 되면 4레벨 몬스터홀이 되는 것이다.

성준은 마음속으로 고개를 흔들었다. 아직 조합원들의 능력이 부족했다. 4레벨 몬스터홀이 되는 것은 막아야 했다.

성준이 생각에 잠겨 있을 때 조 실장이 시간을 확인했다.

"회의 시간이 되었습니다."

성준이 고개를 끄덕이자 조 실장은 직원들에게 지시를 내렸다. 정면에 있는 모니터의 화면이 켜지고 성준의 정면 카메라에 불이 들어왔다.

모니터 중 네 개의 화면에 사람들의 모습이 나타났다. 각각 미국 중앙정보국(CIA)의 국장과 미 국방장관, 그리고 러시아 국방부 장관의 모습이 보였다. 그리고 마지막 화면에는 뻘쭘한 얼굴의 한국 국방부 장관의 모습이 보인다.

3레벨 몬스터홀을 확인한 미국 정부는 성준이 도쿄 몬스터홀에서 벗어나기만을 기다렸다. 그리고 그가 무사히 돌아왔다는 이야기를 듣고 바로 화상회의를 요청한 것이다.

"반갑습니다."

성준의 영어 인사로 회의가 시작되었다. 성준의 도쿄 몬스터홀 처리에 대해 잠시 덕담이 지나가고 바로 본론이 이야기되었다.

"몬스터홀이 발생한 수도를 장악한 반군은 기계화 연대 병력을 포함한 두 개 사단 규모입니다. 정부군은 이미 동쪽으로 밀려났습니다. 병력 자체도 오히려 정부군이 밀려 탈환할 가능성이 없습니다."

미국 CIA 국장은 안경을 쓴 학자처럼 생겼는데 말을 하기 시작하니 그제야 날카로운 느낌이 풍겼다.

"일반 병력은 보통의 아프리카 민간병 수준인데 러시아에서 제공한 기계화 장비로 무장한 연대 병력이 문제입니다. 장갑차와 헬기까지 있어서 짧은 기간 안에 제압하기 힘듭니다."

CIA 국장의 말에 러시아 국방부 장관이 헛기침했다. 하지만 성준은 별로 신경 쓰지 않았다. 어차피 러시아가 한쪽을 지원하고 미국이 그 반대쪽을 지원하는 경우가 한두 나라가 아닌 까닭이다.

"더군다나 반군 지도자가 지독한 반미주의자에 독불장군인 민족주의자입니다. 대화로는 답이 없을 확률이 높습니다."

CIA 국장은 잠시 말을 끊어 주의를 집중시킨 후 다시 말을 이었다.

"그래서 저희 CIA에서는 특수부대로 공습해서 몬스터홀 주위를 제압한 후 귀환자 조합원의 투입을 제안합니다. 그 외에는 시간 안에 수도를 제압하고 있는 부대를 밀어낼 만한 병력을 모을 방법이 없습니다."

그의 말이 끝나자 회의실 안이 조용해졌다. 조용한 가운데 성준이 입을 열었다.

"성공 확률과 생존율은 얼마입니까?"

CIA 국장은 성준의 질문에 식은땀을 흘렸다. 소말리아에서 실전을 겪었다는 말이 사실인 것 같았다. 그에 대한 대답은 옆 화면의 미국 국방장관이 이야기했다.

"성공 확률은 60% 정도이고 생존율은 70% 정도입니다."

작전이 성공할 확률이 60% 정도이고 성공했을 경우 살아서 돌아올 인원 비율이 70% 정도라는 것이다.

성준은 CIA 국장을 노려보았다. 이건 거의 자살 특공대 수준의 이야기였다.

"좀 더 제대로 된 작전이 준비되지 않으면 한국 귀환자 조합은 움직이지 않을 것입니다. 여러분이 알고 계셔야 할 점은 저희가 실패하면 그다음은 없다는 겁니다. 어떤 방법이든지 우리를 무사히 몬스터홀 안에 집어넣을 방법을 찾아주시기 바랍니다."

성준의 말을 끝으로 회의는 흐지부지 끝이 났다. 다음 회의 때는 좀 더 좋은 방법을 가지고 올 것이다.

회의 후 성준은 중앙아프리카 공화국의 몬스터홀 생각을 떨쳐 버렸다. 어차피 새로운 대안을 가지고 오지 않는 한, 자신이 할 수 있는 일은 없었다.

그날 은성그룹은 결국 자신들의 실패를 인정했다. 은성그룹은 성준의 예상대로 바로 귀환자 조합에 그들 팀의 구조를 공식적으로 부탁했다.

"이거 곳곳에 함정을 심어 놨어요. 거부하면 사람들의 신뢰가 떨어질 거고, 수락하더라도 구조해 오지 못하면 그곳에서 죽은 자신들 귀환팀의 죽음을 포장하면서 저희를 깎아내리겠죠."

조 실장의 말에 성준은 피식 웃었다.

"상관없어요. 이제 한국 여론에 흔들릴 저희가 아니에요. 계획대로 합니다. 어차피 미국이나 러시아가 무슨 방법을 사용하든 3레벨 몬스터홀에 진입할 방법을 찾을 겁니다. 그전에 마지막으로 점검해 봐야 합니다. 우리는 일정에 맞추어 목포 몬스터홀에 진입합니다."

4일 뒤 성준은 자신의 최정예 부대를 만들어보았다.

정 교관과 호영, 그리고 미영을 포함한 기존의 귀환자 조합원은 기본적으로 포함했다.

그리고 나머지는 전투 성향이 강한 외국 귀환자들과 정 교관이 추천한 신입 2레벨 귀환자를 모아 팀을 만들었다.

그렇게 준비한 40명의 귀환자는 목포 몬스터홀에 진입하였고, 단 한 명의 큰 부상도 없이 보스 몬스터의 제거에 성공했다.

목포 몬스터홀 제거에 성공한 것이다.

이제 한국은 다음 몬스터홀이 발생하지 않는 한 2레벨 몬스터홀은 청주 하나만 남게 되었다.

성준은 자신의 조합원들을 돌아보았다. 이제 기본적인 준비는 되었다. 이 팀으로 3레벨 몬스터홀에 도전하는 것이다.

회의 후에 더 좋은 군사적인 대안을 찾지 못한 미국과 러시아는 외교 채널로 회유와 협박을 가하기 시작했다.

각국 정보국 요원은 중앙아프리카의 반군과 연락이 되는 모든 라인을 이용해 몬스터홀의 정보를 제공, 귀환자 조합을 들여보낼 방법을 마련하기 위해 노력했다.

그리고 미국 대서양 함대는 기수를 돌려 중앙아프리카 공화국과 가장 가까운 카메룬으로 최고 속도로 움직였고, 러시아는 반군에 대한 모든 지원을 끊겠다고 협박했다.

전 세계의 군사적, 정치적 압력에 결국 반군은 몬스터홀이 외부 던전으로 변하기 3일 전 귀환자 조합과 그들을 지킬 연합국 부대의 수도 진입을 허락했다.

그리고 반군 부대는 수도에서 30㎞ 밖으로 물러나기 시작했다.

*   *   *

장갑차 위에서 수도 밖으로 빠져나오는 자신의 부대를 바라보는 반군의 수장, 은자데르 장군은 두 눈이 충혈된 모습으로 이를 악물었다.

그동안 온갖 수모를 참아가며 이 나라의 반을 회복했다. 그런데 악의 제국인 미국과 적으로 돌변해 버린 러시아의 말 한마디에 이렇게 비참하게 이곳을 떠나게 되었다.

그는 자신에게 약속했다.

외세에 사주를 받아 자신의 부대를 떠나게 한 부대 내 변절자들을 모두 제거하고 다시 이곳에 돌아와 자신을 떠나게 한 모든 적을 쓸어버리기로 맹세했다.

*　　*　　*

성준은 감각을 비활성화하고 쓴웃음을 지었다. 감각을 활성화하면 영기의 모습이 계속 진해지는 것이 피부로 느껴졌다. 레벨 업 이후에 감각이 점점 더 진화하는 것 같았다.

성준의 앞에는 정 교관이 대자로 누워 있다. 그는 성준과의 대련 중 반격을 당해 쓰러진 것이다.

"이제는 저도 상대가 안 되는군요. 말도 안 돼요. 아무리 귀환자가 되었다지만 검술 실력이 그렇게 빠르게 향상되다니… 정말 어이가 없네요."

정 교관이 자리에서 몸을 일으키면서 고개를 절레절레 흔들었다.

하지만 이건 성준이 이길 수밖에 없는 싸움이었다.

수리에게서 정보 교환으로 검술을 얻은 후 감각의 활성화로 수리의 움직임을 훔쳐 냈다. 그리고 정 교관과의 대련 시 감각을 활성화해 근육의 움직임을 미리 파악한 데다가 영기의 흐름도 느낄 수 있으니 지려고 해도 질 수가 없었다.

"이제는 검술만으로도 저와 큰 차이가 안 나요. 거기다 주인님 능력이 있으니 제가 아는 사람 중에는 주인님이 제일 강할 거예요."

수리도 성준의 강함을 인정했다. 수리도 이렇게 빠르게 성장하는 사람을 본 적이 없다. 아마 자신이 인간이었으면 그 성장 속도에 질투를 느꼈을지도 모른다. 하지만 가디언인 지금은 감사할 따름이다.

수리는 잠시 마음속에 머문 이성과 감정의 부조화에 흠칫했지만 곧 털어버렸다. 자신은 성준의 가디언. 지금의 감정에 충실하면 되는 것이다.

성준은 가벼운 아침 수련 후 바로 회의실로 내려갔다. 미국에서 연락이 왔다는 소식을 들은 것이다.

성준의 뒤로 수리와 하은이 따라왔다.

"하은이 너는 계속 안 따라다녀도 돼. 친구들과 얼마 있지도 못했잖아. 이야기 끝나면 부를게."

하은이 성준의 말에 조금 우울한 표정으로 대답했다.

"주인님, 아니, 오빠하고 멀어지면 계속 불안해져요. 수리

언니 말로는 제 소망이 가디언의 기본 구성에 포함돼서 그렇대요. 문제없으면 계속 따라다니고 싶어요. 부탁할게요."

성준은 하은의 말에 고개를 끄덕였다. 어차피 하은을 위해서 한 이야기이니 상관없었다. 단지 하은이 조금 안쓰러워졌다.

성준은 하은의 어깨를 툭툭 두드리고는 회의실로 들어갔다. 그의 가디언들이 그를 따라 들어갔다.

회의실에는 조 실장이 성준을 기다리고 있었다. 그는 성준이 자리에 앉자마자 바로 이야기를 시작했다.

"미국에서 모든 방해를 걷어냈다는 연락이 왔습니다. 반군은 수도에서 30㎞ 정도 물러났고 1차 부대가 미국과 러시아, 그리고 영국에서 수송기 편으로 출발했답니다. 저희 귀환자 팀이 움직이면 바로 후속 부대가 따라 붙을 예정입니다."

성준은 조 실장의 말에 고개를 끄덕였다. 이 정도면 큰 문제는 없는 것 같았다.

"좋습니다. 대기 중인 조합원을 모아주십시오. 회의 후 오후에 출발하도록 하겠습니다."

성준의 말에 조 실장은 직원들에게 조합원들의 호출을 부탁했다. 30분 뒤 한국 귀환자 조합의 모든 인원이 큰 회의실에 모였다.

성준은 모인 사람들을 둘러보았다. 거의 인원이 60명이 넘어 보인다. 성준은 사람들에게 말했다.

"전에 이야기를 들었다시피 중앙아프리카의 한 나라에서 3레벨 몬스터홀이 발생했습니다. 이번에 미국과 여러 나라의 도움으로 수도 전체를 안전지대로 만들었다고 합니다. 오후에 목포 몬스터홀에 갔던 인원으로 출발하려고 하니 모두 준비해 주시기 바랍니다."

성준은 만약을 대비해서 인원을 반으로 나누어 청주 몬스터홀을 모두 통과시켰다. 덕분에 남게 되는 인원도 영기 자체는 충분한 상황이다.

"조 실장님은 만약 저희가 돌아오는 것이 늦어지면 전에 이야기한 대로 남은 귀환자분들과 뉴욕으로 움직여 주시기 바랍니다."

조 실장은 성준의 말에 고개를 끄덕였다.

성준은 미국과 양해각서(MOU)를 체결하면서 한국 귀환자 조합이 사용할 수 있는 건물과 영기 사용권을 얻었다. 만약 영기가 부족해지면 뉴욕으로 움직이면 될 것이다.

일행은 점심식사 후 김포공항으로 출발했다. 그리고 전용기 편으로 남중국해 방향으로 항로를 잡았다. 그들 주위로 주한 미군 전투기 편대가 따라붙었다. 이번 작전이 군사작전이 되면서 이들의 안전을 위해 각국의 군대가 움직이기 시작한 것이다.

이번에 귀환자 조합원이 된 사람들은 신기한 얼굴로 창밖의 전투기들을 바라보았다.

일본과 미국을 갈 때의 전용기도 놀랐지만, 전투기가 호위를 하게 되자 정말 놀랐다.

"그 정도로 놀라면 안 되지, 암."

헤라가 다리를 꼬고 앉아 여성 잡지를 보며 별것 아닌 것에 호들갑을 떤다는 듯 이야기했다.

"헤~ 난 네가 러시아에서 전투기 봤을 때 난리 친 것을 기억하고 있지~"

옆자리에서 다희가 헤라의 이야기에 초를 쳤다. 결국, 장난기 어린 둘의 아웅다웅이 시작되었다.

하지만 그것도 잠시, 그들은 주위의 호응이 없자 재미가 없는지 그만두었다.

"아, 하은이가 변했어. 전에는 말리는 척이라도 했는데."

"그러게 말이야. 하은아, 너 얼굴 말고 성격도 좀 바뀐 것 같다?"

다희의 질문에 옆자리에 앉아서 그들을 물끄러미 바라보던 하은이 잠시 생각에 잠기더니 대답했다.

"확실히 전보다 오빠에 대한 것을 제외하면 냉정하게 사물을 보는 것 같아. 오버하는 부분도 좀 없어진 것 같고."

하은은 자신의 성격을 객관적으로 이야기했다.

"그래서 너희 하는 것도 확실히 전보다 객관적으로 보는 것 같아."

하은은 마지막으로 그녀들에게 치명타를 날렸다.

"그래서 결론은 너희 하는 짓이 유치해서 참여 안 하기로 했어."

혜라와 다희는 침몰했다.

석양의 붉은 기운이 넓게 덮인 방기 음포코 국제공항에는 지금 삼엄한 경비가 펼쳐져 있었다.

우선 프랑스 산악여단의 저격수들이 주요 포인트에 산개해서 경비하고 있고, 미군 공수부대원들이 장갑차를 타고 주변을 감시하고 있었다.

공항에는 미국과 유럽에서 날아온 수송기들이 병력과 장비를 내려놓고 이륙하고 있었다.

윙~

공항에 큰 사이렌이 울려 퍼지고 활주로가 비워지기 시작했다. 출발 준비를 하던 수송기들이 모두 대기 상태로 돌아갔다.

주변을 경계하던 모든 병력이 긴장하며 사방을 감시하고

급하게 수송기로 가져온 공격 헬기가 공중으로 떠올랐다.

　멀리 민간 여객기 한 대가 공항을 향해 날아오고 있다. 서울에서 출발해 15시간을 날아온 귀환자 조합 전용기였다.
　전용기 주위는 대서양 함대 소속의 전투기가 호위하고 있었다.
　비행기는 무사히 공항에 착륙했고, 일행은 아프리카의 공기를 느낄 수 있었다. 공항은 한적한 시골 공항의 느낌이었다. 단지 북적거리는 군인과 수송기 등으로 그런 분위기가 조금이나마 상쇄되었다.
　성준이 활주로에 내려서자 군인 여러 명과 양복을 입은 정부요원이 그에게 다가왔다. 맨 앞의 군인이 성준에게 악수를 청했다.
　"반갑습니다. 이번 호위 임무를 맡게 된 맥길로이 대령입니다."
　"반갑습니다. 한국 귀환자 조합장 최성준이라고 합니다."
　성준은 대령과 악수를 했다. 그리고 군인들은 비행기를 타고 온 일행을 바로 보병 수송용 장갑차에 나누어 싣고 길을 달리기 시작했다.
　성준과 같이 탄 대령이 상황을 설명했다.
　"아직 수도는 안정되지 못했습니다. 이제 겨우 몬스터홀 주변과 공항, 몬스터홀의 연결 도로 주변만 통제 가능한 상황입니다. 반군은 물러섰지만 언제 테러가 발생할지 모릅니다. 여러분이 외부에 노출되는 시간은 최소한으로 줄여야 합니다."

길이 험한지 장갑차는 거칠게 흔들렸다. 성준은 대령의 말에 고개를 끄덕였다.

"알겠습니다. 바로 몬스터홀로 진입하도록 하죠. 휴식은 진입 후 초기 지역에서 하면 됩니다."

성준은 영기 공간 능력자의 참여 후 이런 호기를 부릴 수 있게 되었다.

몇 번의 몬스터홀 진입으로 영기 공간의 다양한 활용이 가능해져서 이제는 상당히 편한 휴식을 취할 수 있었다.

차량은 한참을 달리다 멈추어 섰다. 일행이 장갑차에서 내리자 눈앞에 축구장 필드와 그 중앙의 몬스터홀이 보였다.

몬스터홀은 시내 중심가에서 조금 떨어진 축구장 한가운데 생겼다.

다행히 민가들과는 좀 거리가 있어서 경계하기에는 안성맞춤이었다. 군인들이 축구장 관객석 위쪽에 자리를 잡고 밖을 향하여 경계하고 있다.

조합원 일행은 주위의 긴장된 분위기에 잔뜩 굳어 있었다. 성준은 오히려 몬스터홀 안이 더 안심될 것 같아 바로 일행을 출발시켰다.

　일행은 한 명씩 밧줄을 이용해 몬스터홀 바닥으로 내려갔다. 성준은 마지막으로 몬스터홀의 위에서 아래의 문양을 바라보았다. 그리고 영기분석을 해보았다.

　—소환진.
　—레벨 1. 소거됨.
　—레벨 2. 소거됨.
　—레벨 3. 현재 상태.
　—지구인을 소환해서 레벨 3의 던전에 진입시킴.
　—부네 던전 관리자에 의해 시스템 강제 조정.

　성준의 표정이 굳어졌다. 이 몬스터홀도 악마 몬스터의 영향으로 발생한 것이었다. 최악의 경우에는 악마 몬스터가 안에서 기다릴지도 몰랐다.

　성준은 어쩔 수 없이 밑으로 내려갔다. 이미 일행이 내려서 있는 상태이다. 시간을 지체하면 그들만 진입하게 될지도 몰랐다. 거기다가 이미 3레벨 몬스터홀이 발생한 이상 막지 않을 수도 없었다.

　성준은 자신이 할 수 있는 최선의 준비를 한 상황이다. 그는 조합원들과 가디언들을 믿고 몬스터홀로 뛰어들었다.

몬스터홀에서 빛이 뿜어져 나왔다.

*　　　*　　　*

"귀환자들이 몬스터홀에 진입했습니다."

회의실에 모여 있는 사람들은 무전병의 말에 모두 한숨을 내쉬었다.

이곳에 있는 사람들은 반군의 지휘부였다. 은자데르 장군과 정치부원들, 다른 장교들이 모여 있었다.

정치부원들은 은자데르 장군의 눈치를 보았다. 이번에는 거의 장군을 강압적으로 눌러 일을 관철시켰기 때문에 언제 장군의 지랄 같은 성질이 폭발할지 몰랐다.

하지만 외국의 압력도 그렇고 자신의 나라를 위해서도 몬스터홀의 정리는 꼭 필요했다.

은자데르는 조용히 눈을 감고 생각에 잠겨 있다가 눈을 떴다. 그리고 사람들을 둘러보았다.

"자, 이제 시간이 되었어. 이 정도면 오래 참은 거지?"

장군의 시선에 어리둥절한 정치부원들과 굳은 표정의 장교들이 보인다. 장군은 손을 들어 올렸다.

철컥!

장군의 뒤에 서 있는 호위병들이 자동소총을 들어 올렸다.

투투투투!

그리고 그들은 정치부원들과 장군이 미리 지정한 장교들을 향해 총을 난사했다.

"아악!"

"제발! 윽!"

호위병들의 공격에 놀란 사람들은 사방으로 달아났지만, 곧 회의실은 피로 물들었다. 회의실 안에 있던 인원의 삼분의 이가 그 자리에서 몰살당한 것이다.

회의실에 들어올 때는 장군의 호위를 제외하고 권총 이상의 무기를 들고 오지 못하게 한 것이 이런 상황을 가져온 것이다.

"쿨럭! 무슨 짓입니까? 같은 동지를 이렇게 몰살시키다니요?"

마지막으로 살아남은 정치요원이 한 손으로 가슴을 감싸고 의자에 기대어 장군을 노려보았다.

가슴을 쥐고 있는 손가락 사이로 피가 흘러나오는 것을 보니 얼마 남지 않아 보였다.

"외세에 항복한 괴뢰들을 제거한 것뿐이야. 이제 뺏긴 땅을 회복해야지."

"무슨 말도 안 되는 소리를! 그들은 단지 몬스터홀을 제거하러 온 것뿐입니다! 더군다나 그곳에 있는 귀환자들이 죽으면 전 세계의 공격을 받을 겁니다!"

피를 토하며 말하는 정치요원의 말에 장군은 피식 웃었다.

"언제부터 미 제국주의자들의 말을 믿었다고. 수도를 빼앗았으니 그놈들은 거기서 뭉개고 앉아버릴걸. 그리고 그 말이 맞더라도 상관없어. 우리는 귀환자들이 몬스터홀을 빠져나오는 순간 수도를 탈환할 것이다. 그리고 귀환자들을 가로채는 거지."

장군은 자신의 계획에 미소를 지었다.

"세계에서 하나밖에 없는 고레벨 귀환자 팀이라지? 그들을 데리고 있으면 그 누구도 우리 혁명군에 함부로 할 수 없을 거야. 외부 던전이나 몬스터홀이 아니라면 아무 힘도 못 쓰는 귀환자들이야, 저 미 제국주의자들의 군대만 없으면 금방 잡아들일 수 있어."

장군은 말을 마치고 다시 정부요원을 바라보았다. 그는 이미 출혈로 숨을 거둔 상태였다. 장군은 남아 있는 장교들에게 명령했다.

"부대를 정비해라. 수도에 남겨놓은 정탐꾼이 몬스터홀의 제거를 보고하는 즉시 수도로 진격한다. 우리 혁명군의 힘을 보여주는 거다."

"예!"

장군은 피바다가 된 회의실을 빠져나오면서 전 세계의 강

대국을 좌지우지하는 자신의 모습을 상상하며 희망에 부풀어 올랐다.

*   *   *

시작 존에 들어온 성준은 바로 일행을 모아놓고 자신이 문양에서 확인한 악마 몬스터에 대한 내용을 이야기해 주었다.

하지만 악마 몬스터를 보지 못한 다른 귀환자들은 성준이 혼자 악마 몬스터를 없애고 하은을 데리고 나온 것으로 알고 있어서 그리 심각하게 생각하지 않았다.

기존에 뉴욕 외부 던전에서 성준과 같이 악마 몬스터를 상대해 본 기존 귀환자들은 걱정스러워했지만, 단 한 번도 악마 몬스터를 보지 못한 다른 귀환자들은 기존 귀환자들의 걱정을 의아해했다. 성준은 그들의 모습에서 그동안의 성공에 자만하고 있는 느낌이 들었다.

성준은 조금 걱정스러워 일행에게 말했다.

"우선 귀환 지점까지 가서 다시 이야기해 보도록 하겠습니다. 위험도가 크면 조합장의 직권으로 귀환합니다."

성준은 그 말을 끝으로 일행을 쉬도록 했다.

오랜 비행기 이동과 다른 나라의 긴장된 분위기로 모두 많이 지친 상태이다. 그리고 어차피 이곳은 밤이었다.

성준의 지시로 주희는 자신의 능력을 사용해서 조합 사무실에서 가져온 물건들을 쏟아내었다. 그전에는 개인용 군장과 배낭을 집어넣었는데, 그동안의 경험으로 영기 공간의 크기에 맞는 맞춤 가방을 제작했다.

원통으로 된 가방들이 그녀의 공간 구멍에서 쏟아져 나왔다.

잠시 뒤 사방에 자동형 텐트가 펼쳐지기 시작했다.

성준은 전에 본 이동속도 증가 능력자를 불렀다. 전에도 정찰을 나갔던 그는 조금 날카롭게 생긴 젊은 남자였다.

"우진 씨, 저번처럼 정찰 좀 부탁하겠습니다. 이상 유무만 확인해 주시면 됩니다."

그는 성준의 말에 고개를 끄덕이고 바로 통로로 달려 나갔다. 성준은 그가 빠져나가는 것을 보며 자신의 텐트를 쳤다.

자동 텐트는 바로 펼쳐져서 특별히 할 일이 없었다. 그렇게 성준이 주변을 살피며 잠시 기다리자 밖으로 나갔던 우진이 돌아왔다.

"어두워져서 많이 살펴보지는 못했습니다. 온도는 좀 높은 상태이고 나무와 풀이 많았는데 크기가 무척 크고 잎도 큼지막했습니다. 던전 전체가 전에 본 2레벨 지역보다 몇 배는 커 보였지만 몬스터는 보지 못했습니다."

밖의 던전은 열대우림에 가까운 모양이었다. 성준은 그의 말에 감사를 표하고 그를 쉬도록 했다.

성준은 주변을 살폈다. 그의 가디언들은 여성들과 이야기를 하고 있고, 저녁 불침번은 주위를 살피고 있다.

인원이 많아지니 오늘은 성준이 불침번에서 빠지게 되었다. 성준은 텐트에 들어가 잠을 청했다. 몸 상태를 최고로 올려야 했다.

시간이 얼마나 지났는지 성준은 불침번이 외치는 소리에 잠에서 깼다. 벌써 아침이 된 것이다. 그는 몸을 일으키려고 했으나 양팔이 무엇엔가 눌려 있어 움직일 수가 없었다.

성준은 옆을 돌아보았다. 수리와 하은이 각각 한쪽 팔을 베고 누워 있다.

"일어나요, 하렘 왕자님!"

성준의 텐트 밖에서 마지막 불침번인 미리가 입술을 툭 내밀고 성준에게 쏘아붙였다. 성준이 가디언들과 같이 있는 것을 알고 심통을 부리는 모양이다.

성준은 쓴웃음을 지으며 그녀들을 깨웠다.

일행은 빠르게 가볍게 세면을 하고 아침을 먹은 후 자리를 정리하기 시작했다. 모든 물건은 특수 가방에 들어가 주희의 공간에 수납되었다.

성준과 일행은 곧 통로를 통해 던전을 향해 나아갔다.

사람이 많아지니 일행의 줄이 길게 만들어졌다. 성준은 맨 앞에서 일행의 전방을 주의 깊게 살피며 전진했다. 그리고 잠시 뒤 성준은 던전의 모습을 확인할 수 있었다. 던전의 모습은 전날 정찰한 우진의 말과 같았다.

점점 환해지는 천장의 빛에 의지해 성준은 주위를 둘러보았다.

던전엔 거대한 크기의 활엽수가 끊임없이 이어져 있었다. 나무에 달린 잎도 엄청난 크기다. 다행히 나무들이 너무 커서 나무와 나무 사이로 일행이 다니기에 충분했다.

"출발."

성준은 일행을 돌아보고 말하며 자신이 먼저 동굴의 끝에서 뛰어내렸다. 밖에서 본 동굴은 높게 솟은 절벽에 난 구멍처럼 보였다.

절벽은 높이 100m 이상으로 위까지 솟구쳐 있고, 성준은 그 모습을 보고 잠시 위로 올라가고 싶은 마음이 생겼지만 바로 털어버렸다.

자신의 책임이 막중한 만큼 다른 곳에 신경 쓸 여지가 없었다.

뿌우우우!

멀리서 울음소리가 들려왔다. 거대한 짐승의 울음소리다.

성준은 울음소리가 들린 방향으로 고개를 돌렸다. 거대한 나무 위로 머리 하나가 쑥 올라온다. 성준은 식은땀을 흘렸다. 나무의 높이를 생각하면 몬스터의 크기가 상상이 안 되었다.

"저건 마치 거대한 초식공룡 같은데요?"

한 2레벨 귀환자의 말이 모두의 심정이었다. 그 뒤로 몇 개의 머리가 더 위로 올라왔다. 성준은 고개를 들어 빛을 확인하며 던전의 중심부 위치를 찾았다. 몬스터들이 보이는 방향과는 다른 방향이다.

성준은 일행을 출발시켰다.

일행은 진형을 갖추고 움직였다. 성준이 수리와 함께 맨 앞에 나섰다.

재식이 2레벨의 방패 능력자들과 함께 뒤를 받치고 있다. 호영은 재식의 옆에서 움직이고 있다.

방패 능력자들 뒤에는 정 교관과 몇몇 창을 사용하는 능력자들이 있고, 그들 뒤에 쇠뇌와 활로 무장한 장거리 공격수들이 포진했다. 헤라와 다희, 그리고 여고생들이 이 자리에 있다.

마지막으로 맨 뒤에는 특수능력자들이 모여 있었다.

치료 능력을 가진 하은과 물 능력자인 보람, 그리고 동화,

영기화 능력자인 미영과 영기 공간 능력자인 주희, 그리고 다른 몇몇 특수능력자가 자리 잡고 있다.

움직이기 시작한 일행은 거대한 나무들 사이에서 산책하는 기분이 들었다.

중간중간 거대한 곤충이 날아다녀서 성준이 잡아보았지만 역시 영기회복석은 주지 않았다.

성준과 앞장선 사람들은 앞을 가리는 큰 풀을 칼과 창으로 베어서 길을 만들면서 계속 걸어갔다. 이제 나무들에 가려져 출발한 지역은 보이지 않았다. 빛이 강렬해지자 공기는 상당히 습하고 날씨는 더워 다들 상당히 불쾌했다.

계속 전진하던 성준이 손을 들어 일행을 멈추게 했다. 성준의 감각에 무엇인가 걸린 것이다.

성준은 감각을 날카롭게 만들어 주위를 둘러보았다.

던전의 모든 것이 영기와 혼합되어 보였다.

성준은 이제 감각의 단계를 나누어서 조절할 수가 있게 되었다. 감각을 올리는 만큼 영기 소모도 커지고 세상도 엉망으로 보여 평상시에는 가장 낮은 상태로 유지하고 있었다.

그리고 지금같이 무엇인가 감각에 걸리면 감각을 날카롭게 각성시켜 주위를 살펴보았다. 멀리 나무 뒤쪽에 인간형 몬스터의 영기가 뭉쳐 있는 것이 보였다. 적의 정찰이다.

성준은 그 상태에서 영기분석을 사용해 보았다. 다행히 영기분석이 가능했다.

—동물 훈련형 가디언.
—2등급.
—알브족, 사냥꾼형.
—강점: 빠른 움직임, 높은 관찰력.
—약점: 등급에 비해 전투력이 약함.
—마스터: 부네.
—관찰, 긴장, 집중.

성준은 좀 더 긴장했다. 역시 이 던전은 무엇인가 통제되어 있는 느낌이 들었다.

3레벨 던전을 많이 다녀보지 않았지만, 초반부터 이렇게 적극적으로 움직이는 가디언을 본 적은 없는 것 같았다.

성준은 뒤에 신호를 보냈다.

성준이 손으로 위치를 가리키자 정 교관의 지시를 받은 미리가 활을 힘껏 당겼다. 빈센트에 의해 강화된 활이 미리의 강한 힘을 버텨냈다. 당겨진 활에 걸려 있는 화살이 빛나기 시작했다.

슈우욱!

쾅!

화살은 빨랫줄처럼 성준이 가리킨 나무를 향해 날아갔고, 나무는 크게 터져 나가며 나무 뒤에서 비명이 들렸다.

"아악!"

성준의 옆에서 수리가 몸을 날렸다. 낮게 공중을 날아간 수리는 터져 나간 나무 뒤에서 한쪽 팔을 붙잡고 비명을 지르는 가디언을 향해 검을 휘둘렀다. 가디언은 검은 연기가 되어 사라졌다.

잠시 뒤 성준과 일행은 그 자리에 도착했고, 성준은 그곳에서 잠시 휴식을 취하기로 했다.

일행 중 이동 관련 능력자 몇 명은 빠른 속도로 주위의 나무에 올라가 사방을 감시하고 나머지 사람들은 자리에 앉아 휴식을 취하기 시작했다.

성준은 자신의 가디언들과 정 교관을 불렀다.

"아무래도 저희가 정찰을 다녀와야 할 것 같습니다. 감이 안 좋아요. 정 교관님께 일행을 부탁합니다."

정 교관이 고개를 끄덕이자 성준은 하은의 허리를 감고 수리와 함께 공중으로 솟구쳤다.

"계집애, 그렇게 부러워하더니 결국 성공했구나."

성준에게 안겨 날아가는 하은을 보고 헤라가 손을 흔들었다.

성준은 하은을 안고 옆의 나무로 올라섰다가 다시 다음 나무로 몸을 날렸다. 성준의 옆으로 수리가 비행 능력을 사용해서 따라왔다.

둘의 모습은 마치 메뚜기 한 마리가 뛰어가고 나비가 따라가는 형태였다.

그렇게 성준은 영기가 강하게 느껴지는 곳으로 나아갔다.

하은은 성준의 가슴에 안겨 마냥 좋았다. 가디언이 된 것이 지금 이 순간 너무나 만족스러웠다.

그렇게 하은이 행복해하고 있을 때 성준의 얼굴이 심각해졌다. 나무 사이를 건너뛰던 그는 발이 나무 위에 닿자 그 자리에 멈추었다.

여기서부터 어느 가디언 일족의 경계가 느껴졌다. 예상보다 영기가 강했다. 상당히 강력한 일족인 모양이다.

수리도 성준이 멈춘 나무 위로 내려섰다. 그렇게 셋은 나무 맨 위의 가지에 내려서 주위의 잎으로 몸을 숨기고 앞을 바라보았다.

전방에 한 무리의 가디언이 지나가고 있다. 성준은 낯선 가디언의 모습에 인상을 찡그렸다.

가디언들은 모두 몬스터를 타고 있었는데, 몬스터는 3미터 정도의 키를 가진 공룡의 모습을 하고 있었다.

강한 뒷다리로 몸을 받치고 긴 꼬리로 몸의 중심을 유지하는 모양이다. 앞날개는 거의 퇴화한 것으로 보이고 온몸은 깃털로 덮여 있다. 마치 어느 영화에서 나오는 벨로시랩터처럼 보였다.

그리고 그 위에 올라탄 가디언들은 모두 인간의 모습을 하고 있었는데 팔다리가 조금 가늘지만 큰 키에 무척이나 아름다운 모습이었다.

마치 서구의 마른 모델들 같았다. 피부색이 모두 조금씩 달라 이상했는데 자세히 살펴보니 주위의 환경에 맞게 피부색이 조금씩 바뀌는 것 같았다.

20명 정도의 가디언이 몬스터를 타고 성준의 나무 아래를 지나갔다. 일행 가운데엔 은색의 머리카락을 한 남자 가디언이 있는데 다른 가디언들의 단순한 천 옷과는 달리 화려한 문양이 그려진 옷을 입고 있다.

성준은 그 가디언의 정보를 확인해 보았다.

―동물 훈련형 가디언.

―2등급.

―알브족, 지휘형.

―특이 능력: 영기 정찰 1레벨, 정보 전송 1레벨.

―강점: 높은 판단력, 마스터와의 호응도 높음.

―약점: 전투력 약함.

―마스터: 부네.
―정찰, 인지.

성준이 보고 있던 가디언이 갑자기 성준이 있는 곳을 바라보았다. 가디언의 능력에 성준 일행이 걸린 것이다.

중앙의 가디언이 손을 들자 모든 가디언이 진형이 바꾸기 시작했다. 성준이 보니 전투 진형이 분명했다.

"하은이는 여기 있어."

성준은 검을 소환해서 손에 쥐고 수리와 함께 아래로 뛰어내렸다.

*   *   *

보스 존의 거대한 관람석 의자에서 악마 부네는 눈앞의 광경을 즐거운 표정으로 바라보고 있었다.

조금 전에 갑자기 자신의 가디언 중 하나가 자신과의 연결을 요청했다. 급한 일이 아니면 요청할 일이 없기에 연결을 허락한 그는 가디언이 보는 장면을 같이 볼 수 있었다. 그의 눈앞에 두 명의 인간이 자신의 가디언들 사이를 종횡무진 휩쓸고 있는 모습이 보인다.

악마 부네는 자신이 정보 전송 능력을 얻은 것과 자신의 가디언 중 지휘관급에게 정보 전송 능력을 부여한 것을 정말 잘했다고 다시 한 번 생각했다.

덕분에 던전에 인간들이 들어온 것을 확인할 수 있었고, 이렇게 모두에게 명령을 내릴 수 있게 되었기 때문이다.

그는 던전에 있는 모든 가디언 지휘관들을 통제하기 시작했다.

이제부터는 몰이사냥이었다.

그는 명령을 내리며 즐거운 마음으로 가디언의 시야를 공유했다. 벌써 모든 가디언과 몬스터들이 죽고 지휘관 가디언만 남았다.

예상외로 강한 인간의 모습에 그는 더욱 즐거웠다. 약하면 몰이사냥이 재미가 없었다.

하지만 눈앞의 남자는 조금 이상했다. 가디언을 보는 것이 아니라 공간을 넘어 자신을 보는 것 같았다.

그가 인간을 신기하게 바라보고 있을 때 눈앞의 남자가 검을 휘둘렀다. 가디언과 자신의 연결이 끊어졌다.

마지막 장면이 조금 마음에 걸렸지만 악마 부네는 즐거운 마음으로 가디언들을 움직였다.

*　　　*　　　*

성준은 눈앞의 가디언을 베어버리고 심각한 얼굴로 서 있었다. 가디언의 정보가 중간부터 변해 있었다.

—마스터와 연결, 시각 공유.

정보란에 이런 내용이 추가되어 표시되었고, 흐릿한 영기한 줄기가 가디언에서 나와 던전 중심부와 연결된 것이 보였다.

자신의 활성화된 감각에 따르면 분명 이곳의 전투를 던전 중심부, 혹은 보스 존에 있는 악마 몬스터가 보고 있을 것이다.

그때였다. 성준의 감각에 영기의 움직임이 느껴졌다.

성준은 고개를 들었다. 던전 전체의 영기가 움직이기 시작했다.

성준은 구슬을 집어 들고 하은이 있는 나무 위로 날아올랐다. 나무 위에 있던 하은이 깜짝 놀라 성준을 바라보았지만, 그는 손을 들어 하은을 잠시 기다리게 한 후 감각을 활성화해서 주위를 둘러보았다.

아주 먼 곳은 느껴지지 않지만 가까운 곳부터 어느 정도 떨어진 곳까지 영역별로 분리되어 있던 영기의 권역이 지금은 무너져 내린 상태였다. 그리고 강렬한 기운과 살기를 품은 영기가 이쪽을 향해 움직이고 있었다.

성준은 심호흡을 해서 성급한 마음을 가라앉히고 계속해서 영기의 움직임을 살폈다.

영기들이 다가오려면 아직 시간이 있었다. 좀 더 영기의 움직임을 살피고 움직여야 했다.

지그시 앞을 바라보고 있는 성준의 뒤로 수리가 떨어져 내렸다. 수리와 하은은 조용히 성준이 하는 행동을 지켜보고 있었다.

잠시 뒤 성준은 감각을 비활성화했다. 너무 오랜 시간 사용한 것 같았다. 영기도 남지 않았고 정신도 어지러웠다.

하지만 영기의 움직임은 확인했다.

영기가 한 방향만 제외하고 일행을 포위하는 방향으로 움직이고 있었다. 분명히 몰이사냥이었다. 특정한 방향으로 일행을 몰 생각인 것이다.

아마 그곳에는 강한 적이 있거나 막다른 곳이 분명했다.

성준은 영기가 찰 때까지 잠시 쉬기로 했다.

그는 쉬면서 수리와 하은에게 좀 전에 적 가디언을 영기분석으로 파악한 정보와 지금 본 영기의 움직임을 이야기해 주었다.

하은은 전략을 잘 몰라 걱정스러운 표정이 되었고, 수리는 방법을 찾는지 고민하는 얼굴이 되었다.

잠시 뒤 성준은 영기가 차고 어지러움이 가라앉자 일행이 있는 곳으로 출발하기로 했다. 일행과 이야기해 보면 더 좋은 방법이 있을지도 몰랐다.

성준은 하은을 안고 일행이 있는 방향으로 몸을 날렸다. 수리도 성준을 따라 하늘을 가로질렀다.

잠시 뒤 일행이 있는 곳에 도착한 성준은 정 교관을 불러 이야기를 나누었다.

성준은 정 교관에게 자신이 본 상황에 관해 이야기해 주었다. 성준과 수리, 정 교관은 회의를 해 일행의 진행 방향을 결정했다.

이야기를 마친 성준은 자리에서 쉬고 있는 모든 인원을 불러 모았다. 그리고 이곳을 향해 적 가디언들이 몰려들고 있다는 이야기를 하고 조금 전에 결정한 내용을 이야기했다.

"우선 한쪽을 관통해 지나갈 겁니다. 그리고 우리가 계획한 장소에서 충분히 준비하고 적을 맞이할 겁니다."

성준의 손가락은 한쪽을 가리켰다. 이곳을 들어올 때 본 거대한 공룡 몬스터가 있는 방향이다.

일행은 나무 아래를 빠른 속도로 움직이기 시작했다.

일행의 위쪽으로 이동속도 능력자들이 나무와 나무 사이를 건너뛰고 있다. 주변 감시를 위해서이다.

성준과 그의 가디언들은 일행이 달리고 있는 근방의 나무맨 위에서 주변을 관찰했다. 성준은 감각을 활성화해 영기의 진행 방향을 확인했다.

"진행 방향이 바뀌지는 않았어. 악마 몬스터가 던전 자체를 감시할 수는 없나 봐."

"그럼 우리를 쫓고 있는 가디언들의 정찰만 피하면 되겠군요."

수리의 말에 성준은 고개를 끄덕였다. 그는 멀리 영기들을 보며 말했다.

"적을 통신 수단이 확보된 전투부대들로 보면 되겠어."

"그럼 정찰 능력은 우리 쪽이 앞서는군요. 주인님이 계시니까."

수리의 말에 성준은 동의했다. 성준은 적이 무리를 이루거나 강한 몬스터가 존재하면 그 장소에서 고유한 영기를 느낄 수 있었다. 이것으로 적의 위치를 대략 알 수가 있었다.

하지만 적은 몬스터를 타고 움직여서 자신들보다 이동속도가 빨랐다. 빨리 움직여야 했다.

"가자."

성준은 하은을 안고 몸을 날렸다. 수리도 성준의 옆을 날았다. 그들 아래로 귀환자 조합 일행이 빠른 속도로 달려갔다.

***   ***   ***

　삼십 명 정도의 가디언이 몬스터를 타고 나무 사이를 전진
하고 있다. 그들은 서로 멀리 떨어져서 움직였다. 지나가면서
놓치는 것이 없게 하기 위해서였다.

　그들 중앙에서 움직이는 화려한 옷의 가디언은 자신의 능
력을 활용해서 주변을 감시하고 있었다.

　자신의 고향을 침략한 적을 공격하기 위해 전 일족이 나선
것이다. 그들은 마스터의 명령에 따라 포위의 한 축을 맡고
있었다.

　'우리 일족이 마스터를 모신 적은 없잖아?'

　그의 마음속에 잠시 떠오른 생각은 바로 수면 아래로 사라
져 버렸다. 고개를 흔들어 이상한 생각을 털어버린 그는 계속
마스터의 명령을 충실하게 수행하였다.

　계속 전진하던 지휘관 가디언은 이상한 감각을 느꼈다. 그
는 눈썹 언저리를 간질이는 듯한 느낌에 그는 동료를 모두 멈
추게 했다. 그리고 모두에게 주위를 수색하도록 했다.

　그의 명령에 가디언들은 사방으로 흩어져서 수색하기 시
작했다. 지휘관 가디언은 아직도 계속해서 보내오는 경고에
심각한 표정을 짓고 있다.

　그런 그의 귀에 숨소리가 들렸다.

"들킬 뻔했어. 감각이 정말 예민하네."

말과 함께 그의 잘린 머리가 하늘로 치솟았다. 연기로 변하는 가디언의 모습을 본 미영은 멀리 솟아 있는 나무 위쪽을 향해 손을 흔들고 다시 땅속으로 스며들었다.

주변을 살피던 가디언들은 아무도 이 장면을 보지 못했다.

나무 꼭대기에서 멀리 영기의 움직임을 확인하던 성준은 적의 영기 하나가 사라지고 다시 미영의 영기가 흐려지는 것을 느꼈다.

미영이 성공한 것이다.

성준은 아래를 향해 신호를 보냈다. 정 교관이 성준의 신호를 받자마자 일행에게 공격 명령을 내렸다.

땅에 엎드려 숨죽이고 있던 일행은 밖으로 튀어나와 앞으로 달려갔다.

"이제 얼마나 빨리 반응하는지 기다려 보면 알겠네요."

성준은 수리의 말에 고개를 끄덕였다. 아래쪽에서는 일행의 기습에 적들이 추풍낙엽으로 무너지고 있다. 지휘관이 사라진 지금, 주변을 수색하느라 흩어져 있는 그들은 일행의 먹이가 될 수밖에 없었다.

그리고 잠시 뒤 멀리서 전진하던 영기의 움직임이 바뀌었다. 영기의 방향이 이곳으로 향하기 시작했다.

"이쪽으로 방향을 바꾸었어. 몰래 빠져나갈 수는 없는 모양이야."

성준의 말을 듣고 수리가 아래로 몸을 날렸다. 일행을 도와주기 위해서였다.

*　　　*　　　*

일행은 어쨌든 일차 포위망을 벗어나긴 했다. 하지만 이곳은 달아날 곳이 없는 던전이었다. 중심부로 가기 위해서는 지금 여러 겹으로 만들어지고 있는 포위망을 격파하며 전진해야 했다.

그래서 성준은 다른 방법을 사용하기로 했다.

"저게 다른 방법이에요?"

하은이 멀리 보이는 광경을 보고 말했다. 멀리 거대한 몬스터가 보였다. 처음 이곳에 들어왔을 때 본 목이 긴 네발 초식 공룡처럼 보이는 몬스터이다.

다만 그 거대한 덩치가 상상을 초월했다. 높이가 20m 정도에 머리부터 꼬리까지의 길이가 60m 정도로 보였다. 거의 5층짜리 아파트 한 채의 크기이다.

그런 거대한 몬스터가 멀리 나무 위로 한 마리씩 고개를 들었다.

성준은 영기분석을 활성화했다.

—고생대 적응체 각성 버전.

—3등급.

—고생대 지형 적응을 위해 제조.

—특이 능력 각성: 피부 강화, 방패 능력, 무게 강화.

—강점: 강한 힘, 체격에 따른 파괴력.

—단점: 단순함, 영역 안에 들어오는 모든 종족 공격.

—행복.

"이놈하고 쫓아오는 적 가디언들을 싸움 붙이려고요?"

하은의 말에 성준은 고개를 흔들었다.

"그럼 고맙겠지만 쉽지는 않을 거야. 어차피 이곳의 가디
언들이면 이놈이 공격하는 영역을 알고 있겠지. 단지 공격로
를 한정 지을 생각이야."

감각이 활성화된 성준의 눈에는 이 몬스터들의 영역이 보
였다. 그리고 영역 사이에 작게 영역이 아닌 지역이 길처럼
이어져 있었다.

자신이 보이는 이 길을 가디언들도 파악할 확률이 높았다.

"가자."

성준은 다시 하은을 안고 나무 밑으로 뛰어내렸다. 그리고 앞장서서 일행을 이끌었다.

일행은 몬스터의 영역을 침범하지 않고 그 주위를 둘러서 성준이 발견한 길을 따라 거대 몬스터들 사이를 지나갔다.

그들은 다시 눈앞에 높은 절벽을 마주했다. 그들이 나온 동굴도 이런 절벽에 구멍이 나 있었다.

하지만 이 절벽 자체가 던전의 벽은 아닌 것 같았다. 천장이 벽 뒤쪽으로 계속 이어져 있는 것 같았다. 아마 지형의 높이 차로 생긴 절벽인 모양이다.

이곳엔 한쪽에 100m가 넘는 높은 절벽이 있고 그 앞에는 작은 공터가 있었다. 그리고 그 앞에는 바로 거대한 나무로 이루어진 밀림이 있었는데 중간에 조금 전에 본 거대한 몬스터가 자리 잡고 있었다.

"이곳에 진지를 만듭시다. 어차피 뒤는 막혔고 앞은 몬스터들로 진입로가 한정되었습니다. 이곳에서 적들을 쓰러뜨리고 귀환합니다."

성준은 귀환 지점에서 바로 귀환하기로 했다. 예상과 달리 던전 전체가 악마 몬스터의 지배 아래 있었다. 던전이 이 정도면 보스 존은 어떤 상태일지 걱정되었다.

일행도 심각성을 파악했는지 성준의 말에 동의했다. 일행은 이곳에 진지를 구축하기 시작했다.

오랜만에 호영이 앞으로 나섰다. 그가 양손을 땅에 짚고 능력을 발휘하자 땅속에서 나무들이 솟아나기 시작했다.

나무는 수직으로 자라는 것이 아니라 사선으로 엇갈려 자라나 훌륭한 목책이 되었다.

정 교관은 일행을 움직여서 각기 방어선을 구축하기 시작했다.

특이 능력자 중 흙 이용 능력자가 한 명 있었는데 그녀는 구시렁거리며 목책 앞으로 나가 숲 앞 땅바닥에 철퍼덕 앉아 양손을 땅에 짚었다. 그녀가 능력을 사용하자 그녀의 양옆 땅이 밑으로 푹 파이기 시작했다. 목책 앞에 거대한 구덩이가 일자로 파여 나가기 시작했다.

성준은 보람이 나서서 능력을 사용해 물을 만들어 구덩이 안에 쏟아 붓는 것을 보며 고개를 끄덕였다. 이제 해자가 완성되었다.

성준은 하은을 친구들과 있게 하고 절벽을 향해 솟구쳐 올라갔다. 그 옆을 수리가 따라 움직였다.

"다음은 비행 능력이 필요해."

아래에서 그 모습을 보며 하은이 중얼거렸다.

"욕심도 많아. 가끔 안겨서 다니면 됐지 뭘 더 바라냐?"

헤라의 말에 하은은 고개를 흔들었다.

"나는 오빠의 가디언이야. 짐이 아니라 도움이 되어야 해."

혜라와 다희는 하은의 말에 어쩔 수 없다는 듯이 고개를 흔들었다.

성준과 수리는 절벽 위로 올라왔다. 절벽 너머는 거대한 산맥이다.

마치 산맥의 한쪽을 칼로 뚝 떼어낸 것 같은 모양이다. 그런 절벽이 길게 이어져 있다. 저쪽 절벽 어디에 자신들이 나온 동굴이 있을 것이다.

"이 뒤에도 무엇인가 있을 텐데 확인해 볼 시간은 없겠어."

성준의 말에 수리도 고개를 끄덕였다. 성준은 산맥에서 고개를 돌려 전방을 바라보았다. 멀리서 영기가 몰려오는 것이 감각에 느껴졌다.

적은 일행을 정확하게 따라오고 있었다. 성준은 자신의 감각에 적의 정찰을 파악하지 못했는데 어떤 방법으로 따라오는지 의아했다. 그러던 성준이 잠시 생각에 잠겨 하늘을 바라보다 하늘의 한 점을 발견했다.

성준은 다시 감각을 강화했다.

"저거였나?"

성준이 감각을 올리자 그 점이 무엇인지 알 수가 있었다. 거대한 비행 몬스터가 공중에 떠 있다. 그리고 그 위에는 두 명의 인간이 앉아 있는 것 같았다. 가디언이 확실했다.

*   *   *

"마스터의 명령이 떨어졌다. 적이 확인되었으니 마을로 복귀하라는 명령이시다."

거대한 익룡처럼 보이는 몬스터 위에 두 명의 가디언이 앞뒤로 앉아 있다.

한 명은 한쪽 눈에 안대를 한 멋진 중년의 가디언이고 다른 한 명은 조금 어린, 여중생에서 여고생 정도로 보이는 가디언이다.

그녀는 종족 특유의 아름다운 얼굴에 긴 은발을 휘날리며 슬픈 표정으로 남자 가디언을 바라보았다.

"네, 아빠."

아버지의 도움으로 그나마 마스터의 직접적인 제어에서 벗어난 그녀는 슬픈 표정을 하고 비행 몬스터를 다시 귀환 지점을 향해 움직였다.

성준은 비행 몬스터가 방향을 돌려 날아가는 것을 노려보았다. 다행히 계속해서 지켜보는 것은 아니었다.

그는 고개를 돌려 다시 영기의 움직임을 확인했다. 맨 앞 영기의 움직임이 느려지는 모습을 보니 적들이 부대를 합치

려는 것 같았다.

거리를 예상해 보니 한두 시간의 여유는 있는 것 같았다. 성준은 수리와 함께 밑으로 내려갔다. 그는 절벽의 튀어나온 곳을 툭툭 밟아 속도를 줄이며 바닥에 내려섰고, 수리가 그 뒤를 따라 바닥에 날아 내렸다.

진지는 절벽을 뒤로하고 반원형의 목책으로 완성되어 있다.

높이가 2m 정도 되는 목책에 파릇파릇한 나뭇잎이 나 있는 모습은 좀 묘한 느낌이었지만 목책 자체는 단단하게 구성되어 있었다. 호영의 능력 사용이 능수능란해진 느낌이다.

그리고 목책의 앞쪽으로 지름 5m 정도 되는 해자가 반원형으로 만들어져 있다.

깊게 구멍을 파서 보람이 물을 생성해서 담아놓은 것이다. 너무 힘을 썼는지 보람과 흙 이용 능력자인 여성이 한쪽 목책에 기대어 쉬고 있다.

성준만이 아니라 다른 사람들도 일정 이상의 능력을 사용하면 영기의 소모 이외의 다른 부분에도 무리가 오는 것 같았다. 확실히 게임과는 달랐다.

감각으로 지형을 살피고 좀 더 고민해 보았다. 아무래도 취약한 부분이 있었다.

성준은 뒤를 돌아 절벽을 향해 걸어갔다. 그리고 자신의 주먹에 영기 방출을 걸고 절벽을 후려쳤다.

쾅!

엄청난 소리와 함께 손을 중심으로 절벽에 금이 쩍 갔다. 성준은 잠시 쉬었다가 다시 영기가 모이면 주먹을 내질렀다. 결국 절벽에 성준의 주먹을 중심으로 4m 이상의 원형으로 금이 쩍쩍 간 부분이 생겼다.

성준의 뒤에서는 일행이 궁금한 표정으로 성준이 하는 행동을 지켜보고 있었다. 모두 일을 마치고 늦은 점심을 먹으면서 성준의 행동을 구경하고 있는 것이다.

성준은 감각으로 벽을 살펴보았다. 내부도 충분히 헐거워진 상태였다. 그는 검을 꺼내 절단강화를 걸고 주먹을 내지른 자리에 검을 박아 넣었다.

검이 손잡이 부분까지 쑥 들어갔다.

성준은 뒤를 돌아보았다. 그리고 입에 음식물을 넣고 자신을 바라보고 있는 일행을 보고 쓴웃음을 지었다. 그는 일행 사이에 있는 재식을 불렀다.

성준은 자신에게 다가온 재식에게 자신의 뒤쪽에 떨어져서 방패 능력을 사용하기를 요청했다. 재식은 어리둥절한 얼굴로 성준에게서 좀 떨어져 일행을 등지고 성준을 바라보며 방패 능력을 활성화했다.

웅~

방패 능력은 성준과 일행 사이에 활성화되었다. 성준은 다시 뒤를 돌아 절벽 앞에 서서 절단강화를 건 검을 주먹을 내지른 자리에 박아 넣었다. 그리고 몸에 피부 강화를 건 후 검의 영기가 가득 차자 영기 압축을 했다.

검에서 빛이 나더니 최고점에 다다랐다. 성준은 절벽과 검사이에서 빛이 새어 나오는 것을 보며 압축된 영기를 앞으로 터뜨렸다.

쾅!

절벽이 터져 나갔다.

사방으로 터져 나간 바위와 돌멩이 중 일행 쪽으로 날아간 것은 다행히 재식의 방패 능력에 의해 튕겨져 나갔다. 덕분에 일행은 눈앞에서 암벽 발파 작업을 보게 되었다.

하지만 중간에 있던 성준은 자신에게 쏟아지는 바위와 돌멩이, 그리고 먼지를 모두 뒤집어썼다. 더구나 방패 능력에 튕겨 나온 것까지 성준에게 쏟아졌다.

잠시 뒤 먼지가 걷히자 성준의 앞쪽 절벽에 지름 4m, 깊이 6m 이상의 구덩이가 생겼다. 그리고 구덩이 앞에 넝마를 걸친 온몸이 하얗게 된 성준이 서 있다.

다행히 발파 전에 걸어놓은 피부 강화로 몸에는 이상이 없었다.

성준의 모습을 본 그의 가디언과 보람이 호들갑을 떨면서 그를 씻기고 옷을 갈아입게 했다.

잠시 뒤 멀쩡한 모습이 된 성준에게 하은이 물었다.

"구멍은 왜 만든 거예요?"

성준이 둘러보자 모두 궁금한 표정이다.

"만약을 위한 대비야. 사용하지 않았으면 하지만 사용할 일이 생기게 되면 바로 알 수 있을 거야."

성준은 모두의 궁금증을 풀어주지 않았다. 그들만 식사하고 자기는 먼지만 뒤집어써서 삐친 것은 아니었다. 절대!

"의외로 뒤끝이 좀 있는 것 같아."

헤라가 성준을 보며 다희에게 소곤거렸다.

성준은 급하게 식사를 하고 정면을 바라보았다. 영기가 근처까지 다가와 있었다.

"모두 전투 준비!"

성준이 소리치자 일행은 사방으로 달려 나가 모두 각기 자신이 맡은 지역으로 움직였다. 다들 목책 뒤에 숨어 쇠뇌와 활만 밖으로 향하게 했다.

영기가 거대 몬스터들 영역 뒤쪽에 뭉치더니 잠시 멈추었다. 그리고 조금 시간이 지난 후 그중 일부가 떨어져 성준의 일행이 지나온 영역과 영역의 사이의 길로 움직이기 시작했다. 그들은 선발대인 것 같았다.

진지의 중심에서 성준이 일행에게 신호를 보내자 모두의 긴장이 더욱 높아졌다.

그들 앞으로 긴 풀숲을 가르며 일단의 가디언들이 등장했다. 모두 2레벨 전사 가디언들이었다. 가디언들은 모두 몬스터를 타고 있지 않았는데 정찰을 위해서인 모양이다.

가디언들은 손에는 커다란 활을 들고 옆구리에는 칼을 차고 일행을 향해 다가왔다.

성준은 정 교관에게 신호를 보냈고, 전투 지휘를 넘겨받은 정 교관은 잠시 후 가디언들이 숲에서 빠져나와 공터 가운데에 이르자 모두에게 소리쳤다.

"모두 공격!"

정 교관의 소리에 놀란 가디언들은 급하게 몸을 숙이고 활을 목책을 향해 발사했다. 2레벨 가디언들의 강한 신체 능력으로 발사된 화살은 목책을 푹푹 파헤쳤지만 몇 겹으로 단단히 만든 목책에 구멍을 내기에는 역부족이었다.

그리고 가디언들은 일행이 쏘아 올린 화살 비에 몸을 맡길 수밖에 없었다.

기존의 귀환자들은 물론 새로운 귀환자들도 그동안의 던전행으로 사격 실력이 많이 좋아졌다. 덕분에 가디언들은 태반이 화살 비에 연기가 되어 사라졌다.

몇몇 가디언만이 살아서 뒤로 빠져나갔다.

다들 초반의 쉬운 승리에 기뻐했지만, 성준의 얼굴은 오히려 어두웠다.

이번 전투는 직접 진지를 확인하고 싶은 악마 몬스터가 지휘관 가디언을 통해 이곳을 관찰하기 위한 전투였다.

악마 몬스터는 지휘관 가디언을 통해 이 진지를 충분히 확인한 것 같았다. 몇몇 뒤로 달아나는 영기 중에는 지휘관급으로 보이는 영기도 있었다.

성준이 정 교관을 불러 상황을 이야기하자 정 교관은 심각한 표정이 되었다.

"그럼 이제 제대로 된 공격이 오겠군요."

성준은 그의 말에 고개를 끄덕였다. 그의 말이 끝나기가 무섭게 영기 전체가 이쪽으로 움직이기 시작했다. 엄청난 양이다.

성준은 전면의 목책을 향해 걸어갔다. 이제 자신도 움직여야 할 시간이었다.

그의 옆으로 수리가 따라왔다. 하은은 일행을 치료해야 하므로 목책 안에 남아 있어야 했다.

그가 목책에 손을 올리고 나무 사이로 앞을 바라보는 가운데 풀숲에서 수백의 인기척이 밀려왔다. 적이다.

성준과 수리가 목책 밖으로 솟구쳐 올랐다. 그들이 우선 적을 휘어져야 했다.

그리고 공중으로 솟구친 그들을 향해 엄청난 수의 화살이 날아왔다. 성준과 수리는 자신의 피부 강화를 믿고 화살 빗속으로 몸을 날렸다.

다행히 쏟아진 화살은 그들의 피부를 찢지 못했다. 옷은 여기저기 찢어졌지만, 그것을 무시하고 적의 진형 한가운데로 뛰어들었다.

그리고 눈앞에 보이는 가디언의 머리에 검을 꽂았다. 아름다운 얼굴에 검이 박혀 들어 갔다. 성준은 이를 악물고 검을 뽑았다. 이들의 생김새는 인간과 비슷하거나 더욱 아름다웠다. 사람을 죽이는 감각이 더욱 실감이 났다.

성준은 찜찜한 감정을 뿌리치고 다음 가디언을 향해 몸을 날렸다.

수리가 떨어진 곳은 벌써 피보라가 일기 시작했다. 길게 자란 풀과 사람이 같이 베어져 사방으로 흩어졌다.

하지만 이들은 전에 본 가디언들과 달랐다. 성준과 수리의 주위에 있던 가디언들이 모두 뒤로 몸을 뺐다. 그리고 그 자리에 악어처럼 생긴 몬스터들이 성준과 수리를 향해 다가왔다. 몬스터들은 질긴 피부를 지녀 쉽지 않아 보였다.

가디언들은 목책을 향해 움직였다. 가디언 중 일부는 목책을 향해 화살을 쏘고 나머지는 목책으로 달려갔다.

하지만 성준과 수리는 몬스터를 상대하면서 목책을 향한

가디언들에 대해서는 신경 쓰지 않았다. 여태 같이한 일행의 실력을 믿었다.

숲을 벗어나 목책을 향해 달려가는 가디언과 몬스터는 수백이 넘었다. 몬스터들은 성준이 상대하고 있는 악어처럼 생긴 몬스터, 그리고 코뿔소처럼 생긴 몬스터도 있었다. 그리고 가디언 중 반 이상이 몬스터를 타고 목책으로 달려들었다.

가디언 중에는 자신의 앞에 방패 능력을 생성해 놓고 달리는 가디언도 있고 화살을 피하면서 달리는 가디언 등 능력을 가진 가디언들도 보였다.

적이 접근하자 해자에서 수십 개의 물 덩어리가 공중으로 떠올랐다. 물 덩어리는 얼음 창으로 변해 달려오는 가디언들을 향해 쏘아졌다. 해자에 물을 가득 담은 이유 중 하나이다.

목책을 향해 달려오는 가디언들과 몬스터들이 목책 안에서 쏘아지는 일반 화살에 의해 쓰러지고 폭발 화살에 의해 사방으로 튕겨져 나갔다. 그리고 얼음 창에 쓰러진 가디언과 몬스터들도 부지기수다.

하지만 그 정도로는 적의 진격을 막을 수 없었다. 가디언과 몬스터는 결국 해자 앞까지 다가왔다. 적의 화살 공격도 수가 많아지니 결국 목책에 구멍이 나기 시작했다. 일행 중 방패 능력자들이 방패 능력을 생성하기 시작했다.

해자 앞까지 다가온 가디언과 몬스터들은 한 번에 뛰어넘을 수 없자 물로 뛰어들었다. 하지만 점프 능력이 탁월해 한 번 점프에 거의 반 이상을 넘어왔다.

그렇게 백에 가까운 가디언과 몬스터들이 물속으로 들어가자 물속에 있는 몬스터의 등을 밟고 해자를 뛰어넘는 가디언도 나타났다.

그때 목책 안에서 하은이 해자에서 목책 안으로 수로를 파서 끌어들인 물속에 자신의 손을 넣었다.

하은은 정 교관이 신호를 보내자 물속으로 전기를 퍼부었다.

지지지직!

그 순간 해자에 난리가 벌어졌다.

물속에 있는 가디언들과 몬스터들이 감전돼서 한순간에 움직임을 멈추었다.

몬스터를 밟고 움직이던 가디언들도 감전돼서 물속에 빠져 경직되어 버렸다.

그리고 그들이 빠진 물이 조금씩 얼어붙기 시작했다. 목책 뒤에서 보람이 손을 앞으로 하고 물을 얼리고 있었다.

몇몇 가디언과 몬스터들은 겨우 빠져나왔지만, 대부분의 몬스터와 가디언들은 하은의 전기 공격으로 인해 마비가 풀리지 않아 도저히 빠져나갈 방법이 없었다.

뒤에서 따라오던 가디언들은 더는 전진할 방법이 없자 물가에서 전진을 멈추었다. 그들에게 화살 비가 쏟아졌고, 방패 능력을 갖춘 가디언들이 앞으로 나서서 방패 능력을 생성하고 뒤로 물러섰다.

그런 그들에게 재앙이 닥쳤다. 뒤에서 몬스터들을 모두 제거한 성준과 수리가 덮친 것이다.

결국 가디언들의 진형은 깨지고 뿔뿔이 흩어져서 숲을 향해 달리기 시작했다.

그 모습을 보고 목책 안의 귀환자들은 환호했다.

귀환자들의 대승이었다.

이제 완연하게 얼어버린 해자에는 백이 넘는 몬스터와 가디언들이 얼어붙어 영기로 변해가고 있었고, 성준과 수리가 죽인 수도 수십이 넘었다.

거의 반은 전멸시킨 것 같았다.

일행을 보고 미소를 짓고 있던 성준은 멀리서 다가오는 영기에 표정을 굳혔다. 성준은 고개를 돌려 숲을 바라보았다.

멀리 하늘에 수십 개의 점이 보인다. 성준은 감각을 강화했다. 익룡처럼 생긴 비행 몬스터들이었다. 그 위에는 가디언이 한 명씩 올라타고 있었는데 비행 몬스터 아래로 엄청난 영기가 이쪽으로 몰려오고 있다.

　성준은 아직도 밝은 던전을 보며 신음을 삼켰다. 오늘은 던전에 들어온 이후 가장 긴 오후가 될 것 같았다.

제2장
축성 Ⅲ

전투는 다시 시작되었다.

가디언들은 거대 몬스터의 영역을 아슬아슬하게 벗어난 지역을 통해 최대 인원을 투입했고, 귀환자 조합 일행은 필사적으로 그들의 공격을 막았다.

이미 해자의 비밀이 노출되어서 그들은 전면에 방패 능력자들을 배치하고 화살 비로 귀환자들의 목책을 두들겨 부수면서 차근차근 전진했다.

그 와중에 능력자들의 화살로 가디언들도 손실이 컸지만, 뒤에서 계속 충원되는 인원 때문에 크게 손실이 느껴지지가 않았다.

성준과 수리는 한창 공중전 중이었다. 익룡을 닮은 비행 몬스터들을 타고 날아온 가디언들을 성준과 수리가 공중에서 상대하고 있는 것이다.

수리는 하늘을 비행하면서 피해 다니다가 몬스터의 날개 힘줄을 잘라내 몬스터와 가디언을 떨어뜨리는 방식을 사용했고, 성준은 비행 몬스터 사이를 포탄처럼 쏘아져 나가면서 검을 몬스터에 박아 넣고 독을 퍼부어 한 번에 한 마리씩 몬스터들을 제거해 나갔다.

하지만 그들 역시 가디언들의 유연한 조종과 물량에는 당해낼 수가 없어 전세를 역전시키기는 힘들었다.

지상은 하은의 도움으로 겨우 버티는 중이었다. 상대 가디언들도 각종 능력 화살을 날려 방패 능력자들의 방패 능력을 뚫어 사람들을 부상 입혔지만, 하은의 치료로 그나마 전선은 유지되고 있었다.

그리고 결국 적 가디언들은 해자 앞까지 도착했다.

그 와중에도 계속 가디언들은 죽어 나갔지만, 아직은 충분한 인원이 남아 있었다.

이미 목책은 그 기능을 상실했고, 일행이 숨어서 화살을 쏘고 있는 몇 군데의 나무만 남아 있었다.

하은도 영기회복석을 먹었지만 이미 치료 능력을 많이 써서 몸 자체가 지쳤는지 전기 능력 자체가 잘 움직이지 않았다.

이미 얼어버린 물은 하은의 능력을 잘 받아들이지 못했다.

그리고 가디언들은 얼어버린 해자 위를 건너기 시작했다. 얼어버린 물을 녹일 방법이 없는 보람은 발을 동동 굴렀다.

결국 귀환자 일행과 가디언들, 그리고 몬스터들의 근접전이 시작되었다.

쇠뇌를 사용하던 모든 귀환자가 창을 꺼내 들었다. 하지만 호영과 정 교관 외에 근접 공격 능력이 있는 귀환자는 많지 않았다. 귀환자들은 겨우 방패 능력자들과 보람의 도움으로 근근이 버텼지만 점차 뒤로 밀리기 시작했다.

결국 목책 안에서 난전이 시작되었다.

하늘에서 전투를 벌이던 성준은 감각으로 계속 지역을 감시하고 있었다. 그의 감각에 목책 안에서 난전이 벌어지기 시작한 것이 느껴졌다.

이제 마지막으로 준비한 수단을 써야 할 시간이었다. 성준은 수리를 향해 소리쳤다.

"일행을 동굴로 대피시켜!"

성준은 눈앞의 가디언을 베어버리고 몬스터를 박차고 대각선 방향으로 뛰어내렸다. 성준의 눈은 멀리 3레벨 엘리트 몬스터를 향해 있었다.

수리는 성준의 말에 바로 일행을 향해 쏘아졌다. 그녀는 뒤에서 화살이 날아오고 몬스터가 쫓아오는 것이 느껴졌지만 깔끔하게 무시했다.

다행히 그녀는 무사히 목책 안에 도착해 주변을 쓸어버리기 시작했다. 4레벨 귀환자가 온 힘을 발휘하는 공격은 정말로 대단했다.

그녀가 사방으로 검을 날려 보내자 잠시나마 귀환자 일행과 가디언들을 떼어낼 수 있었다.

그녀는 일행에게 동굴로 움직이라고 소리쳤다. 그녀를 쫓아오던 비행 몬스터들은 미리와 다른 궁수들의 화살에 의해 다시 하늘로 쫓겨 올라갔다.

쾅!

그리고 멀리 폭음이 울려 퍼졌다. 그동안 많이 들어본 영기 압축이 터지는 소리였다.

"크와와왕!"

비명 같은 거대 몬스터의 괴성이 던전을 울렸다.

"주인님이 몬스터를 끌고 올 거예요! 모두 동굴로 피해요!"

수리의 말에 일행은 정신이 번쩍 들어 동굴로 달렸다. 크게 다쳐 부축을 받아야 움직일 수 있는 사람도 보였다. 그리고 보이지 않는 사람도 있었다.

수리가 일행의 뒤를 막고 호영이 가디언들 앞에 미친 듯이 나무를 솟아오르게 했다. 그리고 보람과 흙 능력자도 나서서 적의 추격을 막았다.

일행이 겨우 동굴에 도착해서 보람과 방패 능력자들이 입구를 방패 능력으로 틀어막자 성준이 숲을 뚫고 공터에 나타났다.

마지막으로 성준이 나타난 것을 보고 호영은 능력을 사용해 동굴의 입구를 나무로 막았다.

잠시 뒤 성준의 뒤를 따라 3레벨 몬스터가 차례로 나타났다.

성준이 멀리 있는 몬스터에게 공격을 가하고 다른 몬스터의 영역을 침범해서 같이 끌고 온 것이다.

"크와와와왕!"

분노에 휩싸인 몬스터들은 눈앞에 무엇이 있는지 상관하지 않고 성준을 향해 달렸다.

성준은 눈앞으로 날아오는 가디언의 화살을 피하고, 막고, 몸으로 때우며 가디언들의 부대 위를 지나갔다.

그리고 그 뒤를 3레벨 거대 몬스터 두 마리가 덮쳤다.

그 뒤는 그야말로 난전이었다. 일행과의 싸움에서 거대 몬스터와의 싸움으로 변한 전장은 지휘관 가디언들의 외침과 거대 몬스터의 포효로 인해 거의 통제 불능이었다.

몬스터가 날뜀으로 인해 목책이며 해자며 다 파괴되어 버렸고, 가디언들과 몬스터들은 사방으로 튕겨져 나갔다.

성준은 그 와중에 거대 몬스터에게 공격을 가해 몬스터가 절벽으로 달려들지 못하게 최선을 다했다. 몬스터의 몸통박치기 한 번이면 일행은 압사당할 판이다.

*　　　*　　　*

결국 한 시간 뒤 거대 몬스터 한 마리는 가디언들의 끈질긴 공격으로 쓰러져 버렸고, 다른 한 마리는 온몸이 상처투성이가 되었다.

그리고 가디언들은 모두 전멸했다. 특히 중간중간에 성준이 지휘관 가디언들을 암살하는 바람에 명령 체계가 무너져 가디언들은 물러날 수도 없었다.

쿵! 쿵! 쿵!

큰 발소리가 멀어지고 있다. 마지막 남은 3레벨 엘리트 몬스터는 피를 흘리며 천천히 자신의 영역으로 돌아가기 시작했다. 하지만 그 거대한 덩치는 아직도 굳건함을 과시하고 있었다.

성준은 몬스터가 숲을 통해 사라지는 것을 절벽에 기대서서 바라보고 있었다. 온몸에 피를 묻히고 서 있는 그는 많이 지쳐 보였다.

생명체가 죽으면 모두 영기로 사라지는 이곳에서 성준의 몸에 묻은 피는 모두 자신의 피가 분명했다.

성준은 자신이 기대고 있는 절벽 바로 옆의 동굴에서 물의 막과 방패 능력이 제거되는 것을 느꼈다. 이어 입구를 막아놓은 나무들이 사방으로 잘려 나갔다.

동굴에서 하은과 수리가 가장 먼저 뛰어나왔다. 그들은 사방으로 성준을 찾아 헤맸다. 나무에 의해 시야가 막힌 그들은 외부의 진동이 가라앉자 정신없이 밖으로 나온 것이다. 전투 중에는 숨어 있으라는 성준의 지시를 수리가 착실하게 지킨 것이다.

수리가 가장 먼저 성준을 찾았다. 능력까지 사용해 성준을 찾은 모양이다. 이어 하은이 수리를 따라 성준에게 달려왔다. 그리고 정신없이 성준을 치료하기 시작했다. 성준은 상처가 치료되는 것을 느끼면서 겨우 긴장이 풀렸다.

동굴 안에 숨어 있던 사람들이 한 명씩 밖으로 나왔다.

공터는 온통 쑥대밭이었다. 그리고 멀리 쓰러져 있는 귀환자들이 보였다. 이번 전투에서 살아남지 못한 귀환자들이다.

영기 강탈 등으로 영기를 빼앗기지 않은 상태이니 2레벨 귀환자는 시체를 남기는 모양이다.

레벨이 생존을 갈랐다.

3레벨 이상의 귀환자들은 100% 생존했지만 그 아래에서 사망자가 나왔다. 혹시 하은이 친한 사람부터 치료해 줄 수도 있었을 테지만 그 가능성은 성준의 가슴속에 묻어두었다.

사람들이 폐허로 변해 버린 공터를 뒤지고 사람들을 확인했다. 하지만 성준은 그 모습을 보고 고개를 흔들었다. 자신이 이미 감각을 활성화해서 확인한 상황이다. 살아남은 사람은 없었다.

잠시 뒤 절벽에 기대어 앉아 있는 성준에게 정 교관이 다가왔다. 스트레스가 심한지 자꾸 안대를 손으로 꾹꾹 누르고 있다.

"사망자 세 명, 절단 환자 두 명입니다. 하은 씨가 치료할 수 없었습니다."

성준은 한숨을 내쉬었다. 지금까지의 귀환자 조합의 기적적인 생존율 100%가 깨진 것이다.

하지만 그때가 오히려 비상식적이었다.

그는 사람들을 둘러보았다. 모두 조금 침울한 가운데에서도 자신들의 할 일을 찾아 하고 있었다.

다들 지옥 같은 수라장에서 버틴 사람들이다.

이 정도의 피해는 다들 겪어보았다.

성준은 몸을 일으켰다. 피곤했다. 하지만 성준은 감각을 끌어올려 보았다. 거대 몬스터의 영역만이 가까이 있을 뿐 영기들이 평화롭게 안정되어 있었다.

"오늘은 이곳에서 쉬지요. 이 던전 안에서 더는 이곳을 공격할 몬스터나 가디언은 없을 겁니다."

성준의 말에 정 교관은 고개를 끄덕이고 일행을 통솔해 캠프를 구축했다.

던전 안의 빛이 어두워지고 있었다.

                    *   *   *

악마 부네는 의자에 앉아 고심에 잠겼다.

이번 인간들은 예상보다 훨씬 강했다. 더군다나 그들은 자신이 생각하지 못한 재미있는 몬스터 활용법을 보여주었다.

그는 아무래도 던전에서는 인간들을 잡기 어렵다고 생각했다.

악마 부네는 결국 보스 존에서 인간들을 잡아들이기로 했다. 그렇게 결정한 그는 인간을 상대하기 위한 자신의 병력을 확인했다.

4레벨 보스 몬스터 하나와 3레벨 엘리트 몬스터 한 마리, 그리고 2레벨 엘리트 몬스터 두 마리이다.

그는 자신의 아바타인 보스 몬스터를 보았다. 보스 몬스터는 자신과 많이 닮아 있다. 비늘로 덮인 공룡 인간의 모습. 하지만 보스 몬스터는 그와는 달리 좀 더 짐승에 가까웠다. 몸을 앞으로 숙이고 있고 더 큰 꼬리, 그리고 육중한 두 다리, 손도 실제로 사용하기 불편해 보였다.

마지막으로 자신과 다르게 날개를 달고 있다.

능력이 부족한 아바타로 비행하기 위해서는 어쩔 수가 없었다.

그리고 다른 몬스터들은 모두 공룡을 닮아 있다. 3레벨 몬스터는 육식 공룡의 모습이고, 2레벨 몬스터 중 한 마리는 익룡의 모습, 한 마리는 코뿔소 같은 모양의 공룡 형태이다.

이대로도 충분히 강력한 전력이다.

하지만 악마 부네는 잠시 고민하다가 손을 들어 올렸다. 그러자 콜로세움 전투장 사방에 문양이 그려지기 시작했다.

전에 본 소환진이다. 문양에서 몬스터들이 소환되었다.

결국 콜로세움 경기장에는 엘리트 몬스터 이외에도 많은 일반 몬스터들이 존재하게 되었다.

이제야 악마 부네는 만족스러운 표정이 되었다.

"자, 이제 기다려 볼까나."

그는 의자에 몸을 맡기고 이제 자신의 가디언에게서 연락이 오기를 기다렸다.

던전 중앙 마을은 모두 멈추어 있었다.

마스터의 명령으로 마을의 전사들이 모두 빠져나간 이후 사람들은 모두 집 안으로 들어가 멍하니 앉아 있었다.

전투 해제 명령이 내려와야 일상생활로 돌아갈 수 있지만, 마스터가 그런 명령을 내릴 것 같지는 않았다.

마을 중앙의 큰 광장 가운데에는 빛나는 문양이 그려져 있고 중앙에는 귀환 기둥이 서 있다. 그 앞에 단 두 명의 가디언만이 앞을 바라보고 서 있다.

얼마 전 멀리서 성준을 감시하고 마을로 돌아간 중년의 미남자와 소녀 가디언이었다.

"아빠, 그들이 이긴 것 같죠?"

별이 쏟아지는 듯한 천장을 보며 소녀가 남자에게 물었다. 하지만 그녀는 대답을 얻지 못했다. 하지만 이 시간까지 마스터의 명령이 바뀌지 않자 그녀는 확신했다.

"이제 그들이 이곳에 오면 우리의 고통도 끝나는 것일까요?"

그녀의 눈에서 눈물이 흘러나왔다.

그녀는 가디언이 되는 마지막 순간에 아버지의 희생으로 간신히 의지를 지켜냈다. 하지만 그런 그녀도 단지 명령이 없을 때 이렇게 혼잣말하는 정도가 다였다.

그녀는 아버지를 바라보았다.

무표정한 얼굴의 한쪽에 찬 안대는 자신을 구하기 위해 희생한 표적이다.

그녀는 그렇게 아버지를 바라보며 오랜 세월을 기다려 온 마지막일지도 모르는 밤을 보내고 있었다.

수많은 세월 동안 보아온 천장의 불빛이 오늘은 정말로 별빛처럼 보였다.

*   *   *

다음 날, 일행은 자리에서 일어나 자리를 정리했다.

다들 밝은 표정은 아니었지만 어제 일은 조금 털어버린 것 같았다. 죽은 사람들과 친한 사람들은 조금 더 어두운 모습이었지만 다들 굳건히 이겨내는 모습이다.

성준도 우선 던전을 빠져나가는 일에 생각을 집중하기로 했다. 죽은 자들에 대한 추모와 보상은 나가서 생각하기로 했다.

일행은 서둘러서 아침을 먹고 짐을 영기 공간능력자인 주희의 공간에 집어넣었다. 그리고 던전의 중심을 향해 출발했다.

그 뒤로 일행의 일정에는 아무런 방해가 없었다.

가끔 지나다니던 몬스터들이 일행을 공격하기도 했지만 2레벨 엘리트 몬스터 이하의 몬스터들은 채 접근하기도 전에 일행의 장거리 공격으로 영기가 되어버렸다.

성준은 일행을 고레벨 몬스터들의 영역을 피해 안내했다. 우선 빠져나가는 것을 목표로 한 이상 몬스터들과의 충돌은 피해야 했다.

그렇게 몬스터들의 영역을 피해서 움직이던 일행은 다음 날 오전에 멀리 마을이 보이는 언덕 위에 올라설 수 있게 되었다.

성준은 마을에서 흘러나오는 영기의 모습에 고개를 갸웃거렸다. 이곳은 이 던전의 중심 마을인데 종족의 영기가 특별하게 느껴지지가 않았다. 단지 강자가 마을에 존재한다는 정도밖에는 알 수 없었다.

'악마 몬스터가 이대로 포기했나?

성준은 제발 그랬으면 좋겠다고 생각하며 일행을 이끌고 마을로 향했다. 그들은 마을로 향하는 동안 어떤 가디언도 보지 못했다.

결국 일행은 마을 앞에 도착하게 되었다.

마을은 전에 본 던전의 중심 마을과 규모 면에서는 별 차이가 없었다. 단지 차이점은 몬스터들이 사육되고 있다는 점이었다. 시골집처럼 생긴 집들의 한쪽에는 커다란 축사가 있었다. 이곳에 몬스터들이 있던 것 같았지만 지금은 보이지 않았다.

아마 일행을 공격한 몬스터들이 이 축사에서 살았을 것 같았다. 그 몬스터들은 이제 영기가 된 상태이다.

일행은 천천히 마을의 정문으로 다가갔다. 나무로 두껍게 만들어진 정문은 활짝 열려 있었다.

"아무래도 이상한데요? 마치 텅 빈 마을 같아요."

미영의 말대로 길에는 아무도 보이지 않고 마을에서는 아무 소리도 들리지 않았다. 일행 중 한 명이 아무래도 궁금한지 진형을 이탈해서 길옆에 있는 집의 창문을 들여다보았다.

성준은 눈살을 찌푸렸다. 인원이 많으니 단독 행동을 하는 사람이 나오는 것 같았다.

"어? 여기 가디언들이 멍하니 앉아 있는데요?"

창문을 들여다본 귀환자가 일행을 향해 소리쳤다. 성준은 일행을 정지시켰다. 그리고 미영을 향해 신호를 보냈다.

성준의 지시를 받은 미영의 몸이 그 자리에서 땅속으로 가라앉았다.

집안의 모습이 신기하다는 듯이 이야기하며 일행에게 돌아오는 귀환자를 향해 정 교관이 주의를 주자 그는 미안하다며 사과했다.

그 일은 그렇게 마무리되었다.

잠시 뒤 호영의 옆에 미영이 나타났다. 그녀는 성준에게 집안의 상황을 이야기했다.

"집집마다 사람들이 안에 있어요. 단지 모두가 멍하니 앉아 있거나 서 있어요. 제가 움직이면 눈동자가 따라오는 것 같긴 한데 특별한 움직임은 없었어요."

성준은 저번 3레벨 던전의 중심 마을이 생각났다. 그곳에서도 자신들이 마을에 진입할 때 일반 가디언들은 집안에서 바라보고만 있었다. 아마 비슷한 상황인 것 같았다.

"알겠습니다. 그럼 계속 전진하죠."

성준의 말에 정 교관은 고개를 끄덕였고, 일행은 다시 출발했다.

길은 사람과 몬스터가 같이 다니기 위해서인지 상당히 넓었다. 집과 집 사이의 골목길도 여러 사람이 나란히 다닐 수 있을 정도로 넓었다. 단지 길 자체는 직선이 아니어서 성준은 길을 헤맬까 봐 걱정되었다. 중심 지역을 못 찾으면 곤란했다.

하지만 다행히 길은 중앙으로 이어져 있었다. 성준과 일행이 몇 번의 굽이를 돌자 눈앞에 넓은 공터가 보였다. 공터 가운데에 큰 쇠기둥이 있는데 전에 본 귀환 기둥이었다. 바닥에는 큰 문양이 그려져 있는데 흐리게 빛나고 있다.

문양 앞에 두 사람이 서 있다.

성준은 그들을 어디서 본 것 같은 느낌에 감각을 올려보았다.

성준은 감각에서 느껴지는 그들의 영기를 알아보았다. 거대한 비행 몬스터 위에 앉아 자신들을 감시하던 가디언들이다.

가디언 중 어린 여성 가디언이 채찍을 소환해서 일행을 가리켰다. 자동적인 가디언으로서의 반응인 것 같았다. 채찍은 신기하게도 그녀의 손에서 쭉 펴져 긴 창처럼 변했다.

그녀는 일행을 바라보다가 정 교관의 창과 안대를 보고 눈이 반짝였다.

성준은 어린 얼굴의 가디언을 영기분석으로 확인했다.

―동물 훈련형 가디언.

―3등급.

―알브족, 차기 조련사.

―특이 능력: 몬스터 조련 2레벨, 영기 편술 2레벨, 정보 전송 1레벨(사용 불가능).

―강점: 조련 능력 전승자, 강력한 채찍 사용자.

―약점: 가디언의 의지로 능력 일부 사용 불가능. 고장.

―마스터: 부네.

―슬픔, 기대, 긴장.

성준은 정보를 보고 움찔했다. 의지를 가진 가디언이었다.

성준은 검을 소환해 그녀 앞으로 나서며 뒤를 향해 외쳤다.

"내가 막고 있을 테니 기둥으로 달려요! 바로 따라갈게요!"

성준의 말이 끝나자 30여 명의 인원이 기둥을 향해 달렸다. 성준은 긴장으로 뒷목이 뻣뻣해졌다.

전보다 훨씬 난감한 상황이다. 의지를 가진 가디언이 어떻게 반응할지 알 수 없는 지금 가디언을 다치지 않게 방어하면서 시간 안에 문양 위에 올라서야 했다.

일행이 가디언들의 옆을 지나가자 어린 여성 가디언이 일행을 향해 움직이려고 했다.

"멈춰!"

그녀를 옆에 있는 중년의 남성 가디언이 막아섰다. 남성 가디언은 무표정한 얼굴로 어린 가디언의 앞을 창으로 막았다.

그 덕분에 일행은 가디언들을 지나 무사히 문양 위에 올라설 수 있었고, 여성 가디언은 자신을 막아선 가디언을 향해 몸을 돌렸다.

푹!

남성 가디언이 내지른 창이 그녀의 가슴을 관통했다. 창을 뻗은 가디언의 눈에서 눈물이 흘러내렸다. 그는 무표정한 얼굴로 눈물을 흘리고 있었다.

가슴에 창이 꽂힌 소녀는 미소 띤 얼굴로 아버지의 얼굴을 쓰다듬었다.

"울지 마세요. 절 위한 일이잖아요. 오랜 세월 고생하셨어요. 이제 뒷일은 저에게 맡겨주세요."

소녀는 쓰다듬는 손끝에서부터 연기가 되기 시작했다.

갑작스러운 사태에 놀라 멈추었던 사람들이 움직이기 시작했다.

수리와 3레벨 귀환자들은 급하게 기둥에 손을 올리려는 귀환자를 막아섰다. 조금만 늦었으면 큰일 날 뻔했다.

그리고 소녀의 이야기를 들을 수 없던 성준은 남아 있는 가디언을 향해 몸을 날렸다. 의지를 가진 가디언을 잃었는데 그 가디언이 남긴 구슬마저 빼앗길 수는 없었다.

성준은 그의 앞에 도착하자 바로 검을 휘둘렀다. 가디언도 창을 사용해서 성준의 공격을 열심히 막았지만 레벨 차, 그리고 무기의 차이, 마지막으로 성준의 감각에 의해 낱낱이 밝혀지는 움직임에 의해 금방 밀리고 말았다.

그는 자신의 허리에 걸려 있는 채찍을 꺼낼 시간도 없었다.

몇 합이 지나지 않아 성준은 창을 든 가디언의 팔을 날려버리고 배에 검을 꽂았다. 성준이 노려보는 가운데 가디언의 얼굴에 표정이 나타나기 시작했다.

그는 성준을 향해 미소 지었다.

"딸을 부탁하네."

놀란 성준이 그를 향해 영기분석을 사용했다.

―동물 훈련형 가디언.

―2등급.

―알브족, 전직 조련사.

―특이 능력: 영기 편술 1레벨, 정보 전송 1레벨.

―강점: 편술과 창술을 자유자재로 사용.

―약점: 3등급이었으나 조련 능력 전승으로 등급이 떨어짐.

―마스터: 부네.

―안도, 평안, 슬픔.

그리고 그는 검은 연기가 되어서 사라져 갔다. 그 자리에 2레벨 구슬이 떨어져 있다.

성준은 어두운 얼굴로 서 있었다. 그는 가디언의 마지막 말에 충격을 받았다. 어쨌거나 그는 소녀의 아버지를 죽인 것이다.

잠시 이를 악물고 자리에 서 있던 성준은 허리를 굽혀 2레벨 구슬을 들고 그 옆으로 갔다.

그곳에 빛나는 구슬이 떨어져 있다. 소녀가 남긴 가디언 구슬이다.

성준은 구슬을 집어 들고 일행을 향해 걸어갔다. 일행의 표정도 어두웠다. 가디언 간의 사연은 몰랐지만 이제 그들은 모두 보스 존에 들어가야 했다.

성준은 우선 정 교관과 자신의 가디언들을 불렀다.

"아무래도 이 귀환 지점을 지키는 가디언이 의지를 가지고 악마 몬스터의 명령을 거부해 온 것 같습니다. 그래서 우리를 도망가지 못하도록 다른 가디언을 없애 버린 것 같아요."

성준은 빛나고 있는 가디언 구슬을 모인 사람들에게 보여 주었다. 정 교관과 성준의 가디언들은 구슬을 보고 상황을 이해했다.

그때였다. 성준에 손에 있던 구슬이 성준의 손에서 움찔 흔들리더니 쏜살같이 위로 튀어 올랐다.

구슬이 날아가는 방향은 정 교관이 있는 쪽이었다.

하지만 정 교관은 눈앞을 날아오는 구슬을 보고 깜짝 놀라 손으로 쳐내 버렸다.

구슬은 정 교관의 손에 튕겨 다른 곳으로 날아갔다. 그 구슬을 수리가 공중에서 낚아챘다.

수리는 미안한 얼굴로 어리둥절해하는 정 교관과 구슬을 차례로 쳐다보고는 옆에 서 있는 성준을 불렀다.

"주인님, 잠시만."

"왜?"

수리는 놀란 표정의 성준의 입속으로 구슬을 집어넣었다. 수리의 손에서 흔들리던 구슬은 성준의 목으로 넘어갔다.

성준의 눈이 둥그레졌고, 하은은 손으로 입을 가렸다. 단지 정 교관만이 어리둥절한 표정으로 서 있다.

"주인님, 소환해 보세요."

수리는 정 교관의 시선을 피하면서 성준에게 말했다. 잠시 수리를 보다 고개를 절레절레 흔든 성준은 팔을 내밀어 자신의 세 번째 가디언을 소환했다.

성준의 앞에 검은 영기가 뭉치기 시작하더니 바로 전에 본 소녀가 눈앞에 나타났다. 그녀는 155㎝ 정도 되는 키에 가냘픈 체격을 가진 은발의 아름다운 소녀였다.

소녀는 눈을 떠서 성준을 바라보더니 울상이 되었다. 하지만 그녀는 곧 고개를 숙이고 성준에게 말했다.

"인사드립니다, 주인님. 주디입니다."

성준은 그녀의 정보를 확인했다.

―가디언 정보.

―영기 레벨 1.

―영기 성장치 0.

―영기 100.

―영기화된 주디 전용 채찍, 영기화된 알브족 전용 창.

―영기 능력치 100.

―마스터: 최성준.

결국 그녀는 자신의 가디언이 되었다. 성준은 자신의 정보도 확인했다.

다시 성장치가 0이 되었다. 그는 한숨을 내쉬었다. 이대로는 언제 성장치를 100으로 만들지 알 수가 없었다.

성준은 울상이 되어 자신을 바라보는 소녀를 보며 말했다.

"지금부터는 자유 의지로 행해도 돼."

성준의 말이 끝나자 눈이 둥그렇게 변한 소녀는 잠시 그렇게 서 있다가 정 교관을 힐끔 쳐다보곤 소리 내어 울기 시작했다.

자신의 아버지와 닮은 정 교관의 가디언이 되고 싶던 그녀는 서글픈 마음에 울음을 터뜨릴 수밖에 없었다.

하지만 그녀의 마음을 모르는 정 교관은 멀뚱멀뚱하게 서서 그녀를 바라보고 있다.

한바탕 울고 난 주디는 흐르는 눈물을 손으로 쓱쓱 닦고 성준을 보고 다시 한 번 인사했다.

"좋은 주인님이라 다행이에요. 다시 한 번 소개할게요. 알브족 35대 조련사 주디입니다. 잘 부탁드릴게요."

밝은 색의 가벼운 천 옷을 입고 인사하는 그녀를 보고 성준은 미소를 지었다. 가디언으로 오랜 세월을 살아왔겠지만, 아직 어린 그녀의 외형을 보면서 그는 마치 나이 어린 동생을 얻은 것처럼 느껴졌다.

성준은 그녀에게 자신과 일행을 소개했다.

"나는 최성준, 그리고 수리와 하은, 그리고 저분은 정 교관님. 나와 정 교관님은 검투사이고 수리와 하은은 가디언이야. 그리고 저쪽에 있는 일행은 나와 같은 이 별의 검투사들이고."

"와, 대단하다. 이 별 사람들은 어떻게 가디언들을 얻을 수 있었어요? 주인님만 해도 나까지 세 명이잖아요? 주인님 같은 분 몇 명만 더 있으면 무서울 게 없겠어요."

놀란 주디의 말에 수리가 고개를 흔들었다.

"이 별 사람 중에 가디언을 가진 분은 주인님뿐이야. 그리고 가장 강한 분이고."

수리의 말에 하은이 고개를 끄덕이자 그 모습을 본 주디는 한숨을 내쉬었다.

"그렇군요. 이 별도 쉽지는 않군요."

그녀는 다시 밝은 표정으로 말했다.

"그래도 이 별에서 제일 강한 분의 가디언이 된 거군요. 다행이에요."

성준은 그녀의 머리를 쓰다듬어 주고는 일행 쪽으로 움직였다. 그녀가 무리하게 밝게 말하려는 것이 눈에 보였다. 좀 전에 아버지와 이별을 한 아이다. 성준은 눈으로 수리와 하은에게 주디를 부탁했다.

성준과 정 교관은 일행을 향해 같이 움직였다.

"아무래도 당한 것 같군요."

정 교관의 말에 성준은 고개를 끄덕였다. 악마 몬스터가 자신의 가디언을 없애서 탈출을 불가능하게 할 줄은 예상도 못했다. 꼼짝없이 당한 느낌이다.

성준은 일행에게 다가가 상황을 이야기해 주었다.

성준의 말에 일부는 표정이 어두워졌고, 어떤 이들은 굳은 얼굴 가운데에도 의지를 굳게 다지고 있다.

전자는 이번에 2레벨이 된 귀환자들이 대부분이었다. 어제 전투로 이 귀환자 조합에서도 죽을 수 있다는 것을 깨달은 귀환자들은 보스 몬스터보다 훨씬 강하다는 악마 몬스터에 대해 두려움을 느낀 것이다.

하지만 자신들의 나라에서 살아남아 2레벨이 된 다른 나라 귀환자들은 더욱 의지를 불태웠다. 그들은 어떻게든 이번에도 살아남을 생각을 했다.

그리고 마지막으로 기존에 성준과 같이 다니던 귀환자들은 그럼 그렇지 하는 표정이다. 성준과 다니면서 계획대로 된 것은 반도 안 되었고, 그 와중에도 계속해서 무사히 살아나온 것이다.

그들은 이런 상황이 만성이 되어버렸다.

성준은 시간을 확인하고 모두에게 이곳에서 점심을 먹고 움직이기로 했다. 주위의 집 안에 멍하니 있는 가디언들이 찜 찜하기는 했지만, 이것저것 따질 상황이 아니었다.

대신 호영이 주위에 나무를 자라게 해서 문양을 둘러싼 기 본적인 목책을 만들었다. 사람 키만 하게 생성된 목책은 사람 들의 마음에 안정감을 주었다.

그렇게 일행이 식사를 마치고 잠시 쉬고 있는 사이 성준이 목책 위에 올라가 주위를 살피고 있을 때다.

여성들이 슬금슬금 수리와 하은 사이에 있는 주디에게 다 가갔다. 그동안 하은과 수리에게 여러 이야기를 들은 주디는 기분이 많이 안정되었는지 자신에게 찾아온 여성 귀환자들을 반갑게 맞이했다.

그리고 그녀들 사이에서 주디에 관한 수다가 시작됐다.

"엑!"

"바보다!"

"정말 바보!"

잠시 뒤 여성들 사이에서 비명 같은 소리가 터져 나왔다. 남성들이 놀라 그녀들을 바라보자 그녀들은 한 사람을 바라 보았다.

그녀들의 시선은 모두 멍하니 담배를 피우고 있는 정 교관 을 향해 있었다. 목책에 기대어 한쪽 얼굴에 상처가 난 상태로 안대를 하고 담배를 피워 무는 모습은 느와르 영화의 한 장면 같았지만, 여성들은 모두 그를 멍청이를 보는 듯한 표정으로 바라보고 있었다.

정 교관은 자신을 바라보는 여성들의 모습에 어리둥절했다.

성준은 쓴웃음을 지었다. 아까 구슬 사건을 이야기한 모양이다. 정 교관이 바보 취급당한 것은 미안했지만 다들 어느 정도 긴장이 풀린 것 같아 다행이었다.

"그럼 주디는 다시 1레벨이겠네? 엄청나게 약해졌겠다."

미리가 또 생각 없는 이야기를 했고, 보람에게 꿀밤을 맞았다.

"힝, 아파라."

"넌 생각 없이 말하는 것 좀 고쳐야 해."

혜라가 미리에게 한마디 하자,

"네가 말하면 다들 비웃어."

다희가 그런 혜라를 놀렸다. 결국 둘은 또 티격태격했다.

"네, 그래도 싸우다 보면 다시 강해질 수 있어요. 그리고 친구도 있고요."

주디는 고개를 들어 먼 곳을 바라보았다. 모두 의아하게 그녀를 바라보았는데 잠시 뒤 멀리서 소리가 들려왔다.

"삐익~"

그리고 주디가 바라보는 방향의 건물 위로 날짐승 하나가 날아왔다.

그 짐승은 주디 위를 맴돌다 그녀의 어깨에 내려앉았다. 동물은 제비 정도 되는 크기였는데 생긴 것은 꼭 만화에 나오는 귀엽게 생긴 아기 드래곤 같았다.

"삐익~"

동물은 주디의 어깨에 앉아 주위의 여성 귀환자들을 바라보며 고개를 갸웃거렸는데 그 모습을 보고 여성들은 자지러졌다.

"귀여워!"

성준은 목책 위에서 한껏 긴장하고 있었다. 멀리 저 작은 몬스터가 날아올 때부터 성준의 감각이 한껏 경고를 보낸 것이다. 성준이 놀라 감각을 올리자 저 작은 몬스터에 엄청난 영기가 뭉쳐 있는 것이 보였다.

성준은 여성들 사이로 보이는 몬스터에게 영기분석을 걸었다.

―알브족 수호 비룡 각성 버전.

―3등급.

―알브족 조련 능력 확인 위해 제조.

―특이 능력 각성: 영기 체형 변환, 피부 강화, 공기 이용.

―강점: 고유 능력 각성으로 체형 변환이 자유로움.

―단점: 조련자에만 종속, 소형일 때 능력 대폭 감소.

―신기, 궁금함, 의아함.

3등급 엘리트 몬스터였다. 놀란 성준은 다행히 조련된 몬스터라는 내용에 긴장을 풀었다. 아마 저 작은 몬스터가 커지는 모양이었다.

성준도 이제는 그러려니 했다. 자신도 날아다니는데 몸 좀 커진다고 별다를 것 없었다.

하지만 저 정도면 몬스터만으로도 주디는 충분히 강력한 전력이다. 성준은 한결 다행스럽게 생각했다.

주디에 대한 이야기는 귀여운 동물의 출현으로 흐지부지 되었고, 여성들은 모두 작은 몬스터에 정신이 팔렸다. 그녀들은 그 생명체가 몬스터인지 인지하지 못했다. 잠시 뒤 성준은 일행을 둘러 모았다.

"지금부터 정말 위험한 곳으로 가게 됩니다. 그래서 지금 구슬을 받아 조금이라도 강해지고 싶은 분들은 이야기해 주시기 바랍니다. 이곳에서 구한 구슬을 나누어 드리겠습니다. 금액은 조합으로 돌아가서 예치된 금액으로 처리하겠습니다."

성준은 일행에게 가디언 능력자들이 남긴 1레벨 구슬 여러

개, 가디언 지휘관이 남긴 2레벨 구슬 몇 개, 3레벨 몬스터가 남긴 구슬 한 개를 보여주었다.

성준의 주머니에는 하나의 구슬이 더 있다. 주디 아버지가 남긴 2레벨 구슬이다. 하지만 이 구슬은 나중에 주디를 줄 예정이다.

일행은 서로 웅성거리기만 할 뿐 아무도 나서지를 않았다. 성준도 그 마음을 이해했다. 이 중에 100을 채워 레벨 업을 할 수 있는 사람은 없었다. 귀환자 조합이 되어서 간신히 2레벨 업을 한 사람은 물론 외국 귀환자들도 2레벨 이후에는 달아나는 것을 위주로 생활했기에 조합에 들어와서 이제야 반 이상을 채웠다.

거기다 3레벨 이상의 귀환자들은 성장치를 올리기 극도로 힘든 상황이었다. 인원이 많으니 나누어 가지는 부분이 많아 성장치를 많이 먹기가 힘들었다.

그런 그들이 성장치 조금 올리자고 그 비싼 구슬을 먹을 이유가 없었다.

"그럼 우선 제가 가지고 있겠습니다. 마음이 바뀌면 이야기하세요."

성준은 일행에게 그렇게 말하고 구슬을 다시 집어넣었다.

그리고 일행을 둘러보니 모두 출발 준비를 끝내고 있었다. 성준은 모두에게 말했다.

"자, 갑시다."

성준은 귀환 기둥 앞으로 다가갔다. 기둥에 글이 적혀 있다.

시간제한 귀환 쇠기둥.

10초 시간제한. 지키는 몬스터 제거하면 보스 존 진입.

외부 던전이 점점 커다랗게 변함. 5레벨 던전에 진입하기 위해 딸과 일족 전사들과 보스 공략 중.

성준의 옆으로 주디가 다가왔다. 그녀는 슬픈 표정으로 글을 보았다.

"저희는 여기서 실패했어요. 아빠는 마지막 순간에 저에게 일족의 조련사를 승계시켰고요. 그래서 저만 이렇게 남게 되었어요."

성준은 그녀의 말을 들으며 검을 소환했다. 그리고 아래에 글을 남겼다.

알브족 주디, 림족 수리, 일행과 던전 공략 중.

성준은 주디의 어깨를 툭 두드리고 문양에 손을 올렸다.

바닥의 문양이 빛나기 시작했다. 일행 모두 긴장한 모습이다. 그리고 10초 뒤 일행은 모두 빛 속으로 사라졌다.

*   *   *

성준은 보스 존 시작 지점에서 눈을 뜨곤 잠시 휘청했다. 눈앞이 여러 개로 보였다.

성준은 급하게 감각을 낮추었다. 그제야 시야가 정상으로 돌아왔다. 5레벨에 맞게 감각이 바뀌는 모양이다. 성준은 강화되는 감각에 오히려 걱정되었다. 도대체 자신을 어디까지 데리고 갈지 알 수가 없었다.

하지만 그는 책임이 있었다. 성준은 정신을 차리고 일행을 준비시켰다.

"그동안의 경험으로 보면 일반적인 정찰은 의미가 없었습니다. 제가 앞장서서 움직이겠습니다. 모두 따라오십시오. 통로를 지나면 바로 전투입니다."

성준의 말에 모두 무기를 소환해서 손에 쥐었다. 성준은 정교관에게 일행을 부탁하고 수리와 함께 앞으로 나섰다.

그 옆으로 주디가 같이 움직이려고 하자 성준은 고개를 흔들어 본진과 함께 움직이도록 했다.

주디는 자신이 약해진 것에 잠시 시무룩해졌다가 어깨의 머리카락을 당기는 친구의 모습에 다시 기운을 차렸다.

주디는 바로 뒤로 움직여 정 교관 옆에 찰싹 붙었다.

성준은 수리와 함께 조심스럽게 통로를 지나갔다. 일행은 50m 정도 후방에서 성준을 따라 움직였다.

그렇게 침묵 속에서 통로를 통과하자 눈앞에 콜로세움이 나타났다.

콜로세움은 다른 콜로세움과 같았다. 평평하고 커다란 원형 광장에 높은 벽, 그리고 네 방향으로 거대한 쇠창살이 있고 광장은 텅 비어 있었다. 또다시 일행이 가운데로 진입하면 문이 열리면서 몬스터들이 난입하는 시스템인 모양이다.

정면의 높은 관객석 한가운데의 커다란 의자에 3m 정도 키의 도마뱀 인간처럼 보이는 몬스터가 앉아 있다. 그 옆에는 두 발로 서 있는 공룡처럼 보이는 몬스터가 있다.

성준은 정면의 몬스터를 보고 정보를 확인했다.

―부네.

―5등급.

―가미긴 던전 관리 실무자.

―정보 전송 레벨 4, 세뇌 레벨 4, 이동속도 증가 레벨 4, 영기 광검 레벨 4, 비행 레벨 4.

―약점: 정신 공격형 능력 위주.

—흥미, 즐거움.

성준은 인상을 썼다.

밖의 가디언들을 지휘할 때부터 위화감을 느꼈는데 정신 능력 계열 위주였다. 성준은 어떻게 싸워야 할지 바로 감이 잡히지 않았다.

성준이 인상을 쓰고 있을 때 일행 모두 들어오게 되었고, 그들 등 뒤의 콜로세움 쇠창살이 내려왔다.

악마 부네는 비늘이 가득한 얼굴로 미소를 지으며 일행을 맞이했다.

"반갑군, 지구의 검투사들이여. 내가 궁금한 게 몇 개 있어서 자네들을 초청했다네."

악마 부네는 가운데에 있는 성준을 보고 더욱 즐거운 표정을 지었다.

"그럼 이야기를 원활하게 하기 위해서 분위기를 만들어야겠지?"

악마 몬스터의 손이 올라가자 일행이 있는 곳을 제외한 삼면의 쇠창살이 위로 올라갔다.

그리고 악마 몬스터의 옆에 멍하니 서 있는 몬스터가 손을 올리자 일행이 있는 곳을 제외한 광장 바닥에 수십 개의 문양, 소환진이 나타났다. 그 문양에서 일반 몬스터들이 쏟아져 나왔다.

성준은 악마 몬스터 옆에 있는 서 있는 몬스터를 보았다.

몬스터는 조금 멍해 보였다. 아마도 악마 몬스터가 무슨 수작을 부린 모양이었다. 성준은 급하게 그 몬스터의 능력을 확인했다.

—정보 전송, 피부 강화, 손톱 강화, 비행.

보스 몬스터가 가지고 있는 능력은 전에 본 보스 몬스터와 비슷했다. 다행히 문양에서 쏟아져 나온 몬스터들은 바로 공격하지 않고 일행을 바라보고 대기하고 있었다. 이것도 악마 몬스터의 능력으로 멈춘 모양이었다.

이어 큰 소리를 울리며 엘리트 몬스터들이 등장했다.

마치 영화에서 보던 입에서 불이 나가는 일본 특촬물 공룡처럼 보이는 3레벨 몬스터와 통로를 나온 후 날개를 펼치고 하늘로 날아오른 2레벨의 익룡처럼 생긴 몬스터, 그리고 코뿔소처럼 생긴 2레벨 엘리트 몬스터였다.

"그대들의 전투는 즐겁게 보았네. 정말이지……."

악마 몬스터는 계속 흥겹게 이야기를 이어갔지만 성준은 신경 쓰지 않고 빠르게 몬스터들의 능력을 확인했다.

—피부 강화, 화염, 돌진, 화염 시 시력 감퇴, 돌진 후 경직.

3레벨 몬스터의 능력과 약점이고,

—발톱 강화, 독, 무게 때문에 비행 속도가 느림.

이것이 2레벨 비행 몬스터의 능력과 약점,

  ―체중 증가, 힘 증가, 반응 속도가 떨어짐.

마지막으로 코뿔소 같은 몬스터의 능력과 약점이다.

성준은 손을 입에 올리고 일행을 향해 낮게 자신이 본 내용을 전달했다.

성준의 능력을 처음 본 주디의 눈이 둥그렇게 변했다. 이곳 보스 존에 들어와 악마 몬스터를 본 주디는 그만 기운을 잃고 말았다.

악마 몬스터의 능력을 아는 주디는 일행이 모두 전멸할 것으로 생각했다. 그녀는 한 방이라도 먹여 아버지의 복수를 할 생각이었다.

하지만 성준의 이야기를 듣고 그녀는 희망을 품게 되었다.

일행은 빠르게 작전을 짰다.

"…해서 이 자리를 마련했으니 내 꼭두각시가 되는 인간이나 죽는 인간이나 기쁘게 받아들이길 바란다."

악마 부네는 이야기를 마치며 얼굴이 험악하게 변했다. 기껏 마지막 가는 길의 예의를 지켜주니 벌레들이 듣지를 않는 것이다. 그는 예의는 집어치우기로 했다.

악마 부네의 눈이 붉어지자 정렬해 있던 몬스터들이 일행을 향해 움직이기 시작했다.

몬스터가 움직이는 것을 제일 먼저 파악한 사람은 역시 성준이었다.

"작전 시작!"

성준이 일행을 향해 소리쳤다.

"웬투스! 가서 없애 버려!"

성준의 목소리에 맞추어 주디가 비행 몬스터를 가리키며 외쳤다. 그녀의 어깨에 있던 작은 드래곤이 익룡 모양의 몬스터를 향해 쏘아갔다.

"캬앙!"

웬투스라고 불린 몬스터는 하늘을 나는 도중에 갑자기 검은 영기로 변했다. 영기는 급격하게 확장했다.

그리고 비행 몬스터 앞에 그 몬스터보다 두 배 이상 큰 거대한 푸른빛이 나는 서양의 용이 나타났다.

"크와와와!"

웬투스는 그 앞에서 거대한 날개를 펼쳤다. 그러자 날개에서 수십 개의 바람의 칼날이 정면을 향해 튀어나갔다.

비행 몬스터의 표정이 어두워졌다.

일행은 방어 진형을 갖추었다. 나무 기둥이 솟구쳐 올랐고, 각종 방패 능력이 일행을 감쌌다. 보람도 나서서 물 방패를 만들었다.

일행은 자신들을 향해 달려오는 몬스터들을 향해 화살과 창을 날렸다. 이곳에서 최대한 버텨야 했다.

그사이에 성준과 수리는 몬스터들 위를 날아갔다. 그들의 목표는 악마 몬스터와 보스 몬스터였다.

그들이 자신을 향해 날아오는 모습을 본 악마 부네는 미소를 지었다. 어차피 자신이 노린 것은 저 인간 남자였다. 이 일행의 지도자이고 거기다 제법 강했다. 아마 쓸 만한 고유 능력을 가졌을 것 같았다.

악마 부네는 저 인간을 세뇌해서 써먹다가 죽여 고유 능력을 뽑아먹을 생각에 다시 흥겨워졌다.

하지만 악마 몬스터에게 들이닥친 것은 수리였다.

"이 무슨!"

수리는 뛰거나 비행 능력을 사용해 악마 몬스터 주위로 최대한 빠르게 움직였다. 그리고 그녀는 자신의 검에 영기를 가득 불어넣어 악마 몬스터에게 휘둘렀다.

눈에 보이지 않을 정도로 진동하는 그녀의 검은 악마 몬스터의 몸에 실핏줄을 만들었다.

분노한 악마 몬스터는 이동속도 증가 능력을 사용해서 빛살처럼 움직이기 시작했다. 바로 수리는 수세에 몰렸다.

"아악!"

수리가 악마 몬스터의 주먹에 복부를 맞아 튕겨져 나갔다. 피부 강화가 되어 있다지만 레벨 차이에 의해 상당한 손해를 입었다.

하지만 공격한 악마 몬스터의 표정이 좋지 않았다.

"가디언이었나?"

성준만 신경 쓰던 악마 부네는 수리가 가디언인 줄 미처 파악하지 못했다. 그 탓에 방금 세뇌를 걸었는데 실패하고 일반 공격만 들어갔다. 가디언의 구속은 자신이 알기로 그 어떤 것도 깰 수가 없었다.

화가 나서 그냥 없애 버릴 생각으로 수리에게 다가가던 악마 부네는 놀란 얼굴로 고개를 돌렸다.

쾅!

그곳에서는 성준이 보스 몬스터의 머리를 영기 압축으로 날려 버리고 있었다.

그러자 보스 몬스터가 만든 몬스터를 소환하는 문양들이 모두 사라졌다. 그리고 귀환자 일행을 공격하던 일반 몬스터들이 모두 영기로 사라졌다.

그동안 근근이 막고 있던 일행은 환호하며 엘리트 몬스터와 전투를 시작했다.

벌써 비행 몬스터를 영기로 만들어 버린 푸른빛의 서양 용은 3레벨 엘리트 몬스터에게 바람의 칼날을 날려 움직임을 방해하고 있었다.

악마 부네는 이를 악물었다. 귀찮기도 하고 영기도 아낄 겸 자신의 아바타에게 소환진을 만들게 시켰더니 그 짧은 사이에 당해 버린 것이다.

그는 손을 들어 올렸다. 영기는 아깝지만 결국 자신이 소환진을 만들면 되었다.

하지만 성준이 그것을 그냥 보고만 있을 리 없었다. 성준은 허공을 박차 악마 몬스터에게 달려들었고, 악마 몬스터는 다시 소환진을 만들 기회를 잃은 채 성준과 전투를 시작했다.

악마 몬스터는 능력을 사용해서 점점 속도를 높였고, 성준은 감각을 올려서 악마 몬스터의 움직임에 대응했다.

다행히 악마 몬스터의 이동속도는 극도로 빠르지만 반응속도가 느리고 움직임이 단순해 성준은 가까스로 대응할 수 있었다.

하지만 조금씩 대응이 늦어지는 것은 어쩔 수가 없었다. 그 탓에 성준의 몸은 악마가 만들어낸 빛나는 검에 의해 이곳저곳이 베어져 나갔다.

피부 강화 능력이 없었으면 이미 죽었을지도 몰랐다.

수리는 성준과 악마 몬스터의 전투를 지켜보고 있었다. 어떻게든 돕고 싶었지만, 도저히 둘의 전투 속도를 따라갈 수가 없었다.

생각 없이 뛰어들었다가는 피해만 줄 상황이다.

푹!

결국 성준은 옆구리를 베이면서 악마 몬스터의 배에 검을 박아 넣을 수 있었다. 검끝이 악마 몬스터의 등으로 빠져나왔다.

악마 몬스터는 성준의 검을 배에 꽂은 채로 성준의 어깨에 손을 짚었다. 하지만 어깨가 부서지기 전에 독을 밀어 넣는 것이 빠를 것이다.

성준은 검에 독을 밀어 넣으려 했으나 그러면 안 될 것 같았다.

결국 검을 상대의 몸에서 뽑아냈다.

그리고 악마 몬스터와 성준은 천천히 관람석에 내려섰다.

악마 몬스터는 눈앞에 멍하니 서 있는 성준을 보고 씩 웃었다. 그리고 자신의 배에 손을 올렸다.

손에서 영기가 흘러나와 배를 조금씩 치료하기 시작했다.

"자, 그럼 정보를 얻어볼까나."

악마 몬스터는 멍하니 서 있는 성준의 목을 쥐고 능력을 사용했다. 높은 레벨의 정보 전승은 세뇌를 건 상대의 기억을 복사하기에 충분했다.

악마 몬스터는 점차로 성준의 과거를 향해 기억을 들여다 보기 시작했다.

"이거 아슬아슬했네. 조금만 늦었으면 죽을 뻔했어."

웃으며 말하는 악마 몬스터를 보며 수리는 이를 악물었다. 저렇게 목이 잡힌 채 무방비 상태로 있으면 도저히 구할 방법이 없었다.

수리는 성준이 정신을 차리기를 기도할 수밖에 없었다.

악마 부네는 성준의 기억을 들여다보면서 놀라다가 급기야는 기쁨에 어찌할 줄을 몰랐다.

이 인간은 정말 대단한 인간이었다.

자신이 이 고생을 하게 한 보타스를 없애 버리고 거기다 동족 영기 약탈이라는 희대의 능력자를 없앤 것도 이 인간이다.

거기다 이 인간의 능력을 생각하니 웃음이 절로 나왔다.

이 인간의 능력을 이용하면 동족 영기 강탈보다 훨씬 더 안전하게 높은 자리로 올라갈 수 있었다.

"하지만 우선 가미긴 그놈과 한 계약을 무효화해야 하는데……."

악마 부네는 악마 기미긴에게 종속된 자신이 해방되어야 할 것 같았다. 잘못하다가 들키면 이 능력마저 빼앗길 수 있었다.

"뭐 이 능력을 이용하면 계약을 깨버릴 방법도 나올 것 같은데……."

악마 부네는 영기로 만들어진 종족이므로 성준의 능력 활용법을 성준보다 훨씬 다양하게 생각할 수 있었다.

"어쨌거나 우선 시식을 해볼까나."

그는 우선 성준을 죽여 영기를 흡수할 생각을 했다.

                    *   *   *

　성준은 하얀 공간에 멍하니 떠 있었다.

　몸 자체가 느껴지지 않는 것이 영혼만 남은 것 같은 느낌이
다. 성준은 생각 자체가 잘 이어지는 것 같지 않았다.

　'마치 XXX가 말한 공간 같은데?'

　누가 말했는지 생각이 나지 않았다. 허무함이 공간에서 밀
려와 성준을 가득 채웠다. 이대로 모든 것이 곧 흩어질 것만
같았다.

　'맞아. XXX가 이 공간에서 XX로 버텼지.'

　점점 생각이 힘들어졌다.

　그는 지쳐 버렸다.

　성준은 모든 것을 놓아버리려다 눈앞에 흐르는 한 단어의
기억을 붙잡았다. 눈앞에서 이름을 모르는 여성들이 입을 모
아 한 단어를 외쳤다.

　'의지!'

　성준의 정신이 단 하나의 단어에 모였다. 그러자 모든 기억
이 살아나기 시작했다. 그리고 미칠 듯한 외로움이 느껴졌다.

　이곳은 아무것도 없는 공간. 하지만 그는 태어나서부터 가
진 하나의 능력이 있었다. 그는 감각을 활성화하고 공간을 뒤

져 출구를 찾아냈다.

그의 정신이 밖으로 부상했다.

성준이 밖을 보게 되었을 때 악마 몬스터가 중얼거리고 있었다.

"뭐, 이 능력을 이용하면 계약을 깨버릴 방법도 나올 것 같은데……."

성준은 급하게 몸을 움직이려고 했다. 전혀 반응이 없다. 신체의 제어권을 빼앗긴 것 같았다.

미친 듯이 자신이 움직일 방법을 찾았지만, 영기가 조금 움직일 따름이다.

"어쨌거나 우선 시식을 해볼까나."

성준은 악마 몬스터의 말을 들으며 영기를 움직였다. 눈앞의 몬스터는 지금 자신을 목 졸라 죽이려 하고 있다. 마지막 기회였다.

성준의 양손에서 검은 영기가 빠져나왔다. 몬스터의 뒤와 성준의 뒤에 두 명의 여성이 나타났다.

수리는 몬스터의 등 뒤로 소환되자마자 성준의 생각을 바로 알아차렸다. 그녀는 검에 있는 힘껏 영기를 주입해서 성준이 아까 검으로 뚫어놓은 상처에 검을 밀어 넣었다.

수리의 검은 눈에 보이지 않는 진동을 일으키며 몬스터의 등을 뚫고 들어갔다.

악마 몬스터는 등에서부터 느껴지는 고통에 붙잡고 있던 성준의 목을 놓치고 말았다. 악마 몬스터에게 매달려 있던 성준은 밑으로 떨어져 내렸다. 하온은 떨어지는 성준의 허리를 잡았다.

하온은 수시로 성준을 살피고 있었기 때문에 자신을 소환한 순간 자신이 할 일을 알고 있었다. 그녀는 성준을 껴안고 자신의 정신 방어를 성준에게 퍼부었다. 그리고 그녀는 기도했다.

"악!"

수리가 비명을 지르며 튕겨져 나갔다. 분노한 악마 몬스터의 주먹에 맞은 것이다.

악마 부네는 바닥에 쓰러진 수리를 보고 빛나는 검을 만들어냈다. 이 가디언에게 벌써 두 번이나 농락당했다.

악마 부네는 수리를 향해 한 걸음 내디뎠다.

서걱!

내디딘 발이 땅에 닿지 않았다. 악마 몬스터는 앞으로 넘어지며 어리둥절한 얼굴로 밑을 내려다보았다.

그곳에는 있어야 할 발이 보이지 않았다. 악마 몬스터는 거꾸로 꼬꾸라지면서 자신의 뒤를 보게 되었다. 그의 시야를 가득 메우며 검 한 자루가 달려들고 있다.

푹!

성준의 검이 몬스터의 얼굴에 반쯤 꽂혔다.

　악마 몬스터는 그 와중에 빛나는 검을 만들어 성준이 있을 만한 곳을 향했지만, 성준은 누운 채로 허공을 박차 자신이 박아놓은 검 바로 뒤까지 왔다.

　그는 주먹에 영기를 가득 담아 검 손잡이를 후려쳤다.

　펑!

　검이 악마 몬스터의 뒷머리를 뚫고 하늘로 솟구쳤다.

　악마 몬스터의 머리를 뚫어버린 성준은 끙끙거리며 몸을 일으켰다.

　그의 눈에 다친 몸을 일으키는 수리와 자신과 함께 나뒹군 채로 자신을 바라보는 하은, 그리고 엘리트 몬스터를 정리하는 일행과 자신의 몬스터를 타고 하늘을 날고 있는 주디의 모습이 보인다.

　그는 자신의 가디언들에게 감사했다. 그리고 그는 작게 중얼거렸다.

　"악마 가미긴이 동족 영기 강탈을 가졌다라……."

＊　　　＊　　　＊

　귀환자들이 들어간 지도 이틀이 지난 상황이다. 몬스터홀을 지키고 있는 병력은 조금은 한가한 기분이다.

좀 전까지 갑작스럽게 내린 소나기에 공기가 눅눅했다. 아직도 하늘은 먹구름이 가득해 분위기가 어둠침침했다.

낡은 관람석에서 경기장 한복판의 몬스터홀을 보며 맥길로이 대령은 판초우의를 벗었다. 그제야 대령은 기분이 좀 나아지는 것 같았다.

대령은 뒷사람에게 말했다.

"설마 이대로 못 빠져나오는 것은 아니겠지?"

대령의 말에 CIA에서 나왔다는 남자가 대답했다. 그는 이 더운 곳에서도 양복을 입고 있었다.

"3레벨 몬스터홀을 두 번이나 제거한 경험이 있는 팀입니다. 그것도 10여 명이었을 때입니다. 저희 쪽은 성공 확률을 80% 이상으로 보고 있습니다."

"그럼 20%는 실패한다는 이야기가 아닌가?"

대령의 말에 그는 어깨를 으쓱였다.

"실패하면 인류는 끝장이지요."

대령은 그의 말에 할 말을 잃고 입맛을 다시며 말을 돌렸다.

"그래도 은자데르가 조용한 것이 오히려 맘에 걸리는데……."

대령의 말에 CIA 요원은 인상을 썼다.

"저희도 조금 의아해하고 있습니다. 지금쯤이면 슬슬 으르렁거릴 걸로 생각했는데 조용하더군요."

대령은 요원에 말에 생각에 잠겼다. 요원도 대답을 원한 건 아닌지 말없이 몬스터홀을 바라보았다.

푸아아악!

어느 순간 몬스터홀의 중심에서 빛이 뿜어져 나오기 시작했다. 빛은 점점 밝아져 마치 그곳에서 해가 떠오르는 것 같았다.

"돌아오는 모양인데?"

대령이 손으로 눈을 가리며 하는 말에 CIA 요원의 표정이 이상해졌다.

"빛이 너무 밝은데요? 일반적인 몬스터홀 제거 때의 빛의 밝기가 아니에요."

빛은 경기장 밖을 벗어나 중앙아프리카 공화국의 수도 전체를 환하게 비추었다.

"장군님, 수도 방기에서의 연락입니다. 몬스터홀에서 빛이 뿜어진답니다."

"여기서도 보여."

은자데르 장군은 멀리 환히 빛나는 도시를 바라보았다. 지금부터 승부였다. 멸망의 구렁텅이로 들어가느냐. 아님 저 제국주의자들과 어깨를 나란히 하느냐.

이것이 자신 생애의 세 번째 승부였다. 첫 번째 승부는 형과의 싸움으로 부족을 장악한 것, 둘째는 정부군을 이탈해 반군을 세운 것이었다.

그는 두 번의 승부에서 이겨 이 자리까지 왔다. 마지막 승부도 이길 것이다. 그는 긴장감으로 온몸에 전율이 일었다.

이 느낌이다.

자신이 살아 있다고 느끼는 순간은 바로 지금 같은 때였다.

그는 구름이 가득 껴 있는 하늘을 바라보았다. 날씨마저 자신을 돕고 있었다. 이 구름이 적의 눈을 가려줄 것이다.

"도시에 숨어 있는 병력에 공격 명령을 내리고 모든 부대는 출발한다. 전속력으로 수도의 몬스터홀로 향한다. 모두 기갑부대를 따르라."

그는 천막에서 나와 옆의 장갑차에 올라탔다. 그의 기갑부대는 순식간에 정렬을 정비하더니 도시를 향해 진격했다.

그 뒤로 그의 거대한 군대가 천천히 움직였다.

"미친! 진짜 움직였어!"

낮은 구릉 위에서 온몸을 잡초로 위장하고 수풀 속에 엎드려 있던 한 프랑스군이 망원경을 내려놓으며 욕을 내뱉었다.

얼마 전까지 정부군을 지원하고 있던 프랑스군은 연합군에게 특수부대인 저격여단을 파견한 상태이다. 이들은 그 저

격여단 중에 반군을 감시하기 위한 정찰부대였다.

"그럴 줄 알았지. 저 미친놈이 가만있을 리 없지."

그의 뒤에서 다른 군인이 낮은 포복으로 다가오며 말했다.

"미국 놈들이 알 리가 없지. 여기서 저놈하고 엉겨봐야 저
놈의 미친 짓을 알 수 있을 거야."

망원경을 든 프랑스군이 이번에는 미국군을 상대로 투덜
거렸다.

이 중앙아프리카 공화국에서 정부군을 도우며 얼마 전까
지 반군과 싸운 그는 멍청한 미국을 향해 한마디를 하고 말았
다.

"어쨌든 빨리 알리자. 날씨 때문에 정찰위성도 안 통할 텐
데… 우리를 여기까지 정찰을 보내줬으니 보답은 해야지."

그들은 무전기를 들고 지급으로 상황을 보고했다.

멀리 수십 대의 기갑차량이 도시를 향해 달려가고 있다.

                    *   *   *

조용하던 지휘통제실이 갑작스레 사방에서 걸려온 연락에
정신없이 움직이기 시작했다. 이곳은 대서양함대 산하 마운
틴 휘트니 지휘함에 있는 6함대 지휘통제실이었다.

"몬스터홀에서 강한 광원 반응, 몬스터홀 제거로 예상됨

니다."

한쪽에서 몬스터홀 현장에서 온 연락을 보고했다.

"반군 정찰대의 연락에 의하면 반군이 전속력으로 수도 방기를 향해 진격하고 있답니다. 선행 기갑부대 25분 후 도시 진입 예정, 몬스터홀이 있는 축구 경기장에는 40분 예상입니다. 그리고 은자데르 장군이 기갑부대를 이끌고 있답니다."

바로 뒤의 다른 쪽에서 반군의 움직임을 사령관에게 보고했다.

휴게실에서 커피를 마시고 있었는지 상의에 온통 커피 쏟은 자국으로 범벅인 함대사령관은 우선 기본적인 지시를 내렸다.

"우선 방기 공항에 있는 모든 지상 제압이 가능한 항공기를 띄워 적을 저지한다. 지금 그곳에 얼마나 있지?"

"공격 헬기 여섯 대와 다목적 헬기 넉 대가 있습니다."

"제길, 역시 너무 적어."

장군은 적은 수에 투덜거렸다. 자신이 그렇게 증파하자고 했건만 결국은 이 꼴이다.

"수송기로는 공격 헬기 한 대가 최대 수송 가능 중량입니다. 저희는 최선을 다했습니다."

뒤에서 참모는 변명 아닌 변명을 할 수밖에 없었다.

"그리고 장갑차 열 대가 있습니다."

"장갑차는 모두 몬스터홀로 보낸다! 그리고 현장지휘관에게 수도 방기에 있는 부대의 모든 작전권을 넘긴다! 전부 소모해도 좋으니 무조건 막으라고 해!"

뒤이은 보고에 장군은 강력하게 지시를 내렸다.

"그럼 공항 방어가 힘듭니다."

"공항은 포기한다! 지금 귀환자팀을 살리는 데 모든 자원을 집중해! 그 이외에는 신경 쓸 시간이 없어!"

정신없이 명령을 하달하고 잠시 장군은 생각을 정리했다. 이어 그는 뒤에 대기하고 있는 참모들에게 질문했다.

"막을 수 있을 것 같아?"

"100% 안심할 수 없습니다."

"그럼 결국 해야겠군."

장군의 말에 참모들이 고개를 끄덕였다.

"함대에 비상을 걸도록 전기 총출동이다. 목표는 수도 방기."

한 참모가 조그만 목소리로 반론을 제기했다.

"항속 거리가 아슬아슬합니다. 시간도 안 맞고요."

"어차피 한 시간 정도는 막을 수 있을 거야! 그리고 정밀 타격은 하지 않는다! 민간 피해는 무시해! 연료가 부족한 기체는 공항에 내린다!"

장군은 참모를 노려보며 소리쳤다.

"민간 피해는 나중에 정치적인 책임 문제로 거론될 수 있습니다."

다시 한 번 반대하는 참모에게 장군은 피식 웃었다.

"핵을 안 쏜 걸 다행이라고 생각해."

항공모함에 사이렌이 울리고, 육중한 포탄을 가득 싣고 전투기가 차례로 발진하기 시작했다.

방기 음포코 국제공항의 헬기들이 급하게 이륙하기 시작했다. 이곳도 몬스터홀에서 나온 빛으로 환하게 물들었고, 사령부의 명령으로 모든 부대가 출동하기 시작했다.

몬스터홀에서 나오던 빛은 이제 보이지 않고 다시 음침한 먹구름 아래 아파치 공격 헬기들이 공중으로 떠올라 도시 상공을 지나가기 시작했다. 이들의 목표는 본대에 앞서 전진하는 기갑부대였다.

공격 헬기에 달린 대전차용 헬파이어 미사일이 그 무서운 모습을 자랑하고 있다.

헬기가 지나가는 한 건물의 옥상에 두 사람이 스팅어 미사일 발사대를 견착하고 공격 헬기를 겨냥하고 있다.

슈우우욱~

아파치 공격 헬기가 날아가는 아래의 건물 옥상에서 갑자기 흰 연기가 헬기를 향해 솟구쳐 올랐다.

"젠장! 지대공 미사일이다!"

쾅! 쾅!

앞에 날아가는 두 대의 헬기가 미사일에 맞아 추락하는 것을 본 뒤쪽의 헬기들은 플레어를 뿌리며 사방으로 흩어졌다.

"무시하고 지나가! 여기에 신경 쓸 시간 없어!"

공격 헬기들은 곡예비행을 하며 도시 상공을 지나갔다. 공격 헬기들을 향해 미사일이 꼬리를 물고 따라갔다.

"젠장!"

맥길로이 대령은 공격 헬기 중 두 대만이 살아남아 기갑부대를 향했다는 소리를 듣고 욕을 할 수밖에 없었다. 더군다나 공격해 온 미사일이 스팅어 미사일 같다니! 자국 병기에 얻어맞으니 속이 더 쓰렸다.

"괜찮으십니까?"

그의 뒤에서 성준이 걱정스러운 듯 물었다.

성준의 뒤로 보이는 경기장은 이제 커다란 구덩이로 변해 있었다. 다행히 관람석까지는 붕괴되지 않아 부대에 피해가 없기에 망정이지 조금만 붕괴가 컸으면 모두 묻힐 뻔했다.

구덩이의 가운데에 검은색의 문양이 흐릿하게 일렁이고 있다. 문양에서는 뉴욕 몬스터홀에서 본 것처럼 검은 영기가 위쪽으로 뿜어져 나오고 있었다.

일행은 이곳으로 돌아오는 데 성공했다. 하지만 아쉽게도 보스 존에서 한 명의 귀환자가 돌아오지 못해 사망자 수는 네 명으로 늘었다. 10%의 사망률이다.

다른 귀환자들은 하은의 치료를 받아 모두 부상에서 회복되고 있었다. 지금 구덩이 안은 영기가 충만한 상황이다. 위쪽으로 계속 날아가고 있기는 하지만 남은 영기만으로도 경기장 안쪽은 영기를 풍족하게 사용하기에 이상이 없었다.

하은은 영기 소모 걱정 없이 모두에게 치료를 해주고 있었다.

전자 장비 사용에는 이상이 없어 보였다. 외부 던전의 화약과 전자 장비 사용 불능은 역시 머리 위에 떠 있던 문양이 문제였던 모양이다.

일행이 휴식을 취하며 장비를 점검하고 있을 때 성준이 대령에게 다가가 상황을 물어본 것이다.

성준의 감각에 사방에서 살기가 몰아치는 것이 느껴졌다.

대령은 성준에게 급하게 지금의 상황을 설명했다.

"상황이 그리 좋지는 않습니다. 최악의 경우 이곳에서 적을 막아야 할 것 같습니다. 하지만 저희는 한 시간 동안만 적의 공격을 막고 있으면 됩니다. 그럼 함대에서 발진한 전투기들이 적을 격퇴할 것입니다. 아마 최악이라도 적이 이곳까지

오는 시간이 있어서 20~30분만 막고 있으면 될 겁니다."

대령의 말에 성준은 고개를 갸웃거렸다.

"전투기가 시가전에 돌입한 기갑부대나 병력을 정밀 타격할 방법이 없을 텐데요?"

성준의 말에 대령은 입을 닫았다. 그 모습에 성준의 인상이 찡그려졌다.

"구역 자체를 박살 낼 모양이군요. 민간인 피해가 엄청날 겁니다. 지금 피난도 가지 못한 상황인데……."

"대안이 없습니다."

대령은 이렇게 말할 수밖에 없었다. 성준은 생각에 잠겼다가 그에게 물었다.

"도착 예정 시간이 한 시간 후라고 했나요?"

"네."

성준은 몸을 돌려 일행을 향해 다가가 현재의 상황을 이야기했다.

멀리서 총과 포 소리가 들려오기 시작했다.

*　　　*　　　*

"모두 달려! 시가지에만 진입하면 돼!"

장군의 목소리와 함께 수십 대의 장갑차가 소리도 요란하게 들판을 주파하고 있다. 장갑차 뒤로 열 대 정도의 장갑차가 파괴된 채로 들판에 널려 있다. 공격 헬기의 솜씨다.

하지만 급하게 부대의 진격을 막느라 공격 헬기들이 적에게 노출되고 말았다. 헬기는 장갑차들의 반격에 모두 파괴되었다.

이제 시가지가 눈앞으로 다가오고 있다.

결국 장군의 기갑부대 30여 대는 시가지 안으로 진입할 수 있었다. 그리고 시가지 전투가 시작되었다.

공항에서 출발한 연합군 장갑차들이 몸으로 도로를 막고 반군의 진격을 막았지만 숫자에서 너무나 차이가 컸다. 더군다나 민간인을 생각하지 않고 주택을 부수며 돌진하는 반군의 부대에 연합군의 장갑차들은 하나둘씩 파괴되어 갔다.

장군의 눈에 낡은 축구 경기장이 보이기 시작했다.

축구 경기장의 전면에 남은 장갑차들과 각종 중화기로 무장한 병력이 적이 오기를 기다리고 있다. 그들은 목숨으로 이 자리를 사수하라는 명을 받은 상태였다.

마지막으로 다목적 헬기 두 대가 시가지의 미사일 공격을 뚫고 경기장에 도착했다. 헬기는 경기장 뒤쪽에 내려앉았다.

경기장 안에서는 이 헬기를 두고 설전이 오갔다.

"헬기를 타고 탈출하시기 바랍니다. 시가지 방향이 아닌 반대 방향으로 피해 있다가 폭격이 끝난 후에 돌아오면 됩니다."

"그쪽이 안전하다는 보장도 없지 않습니까? 더군다나 인원도 다 못 태우는데요."

"그래도 반 이상은 싣고 움직일 수 있습니다. 중요 인원만이라도 움직여 주십시오."

이제 대령은 거의 사정 조였다. 혹시라도 이곳에서 귀환자들이 적에게 당하거나 아군 전폭기의 오폭에 당하면 큰일이었다.

하지만 성준은 고개를 흔들었다.

"저희는 이곳에 있겠습니다. 그리고 한 시간 안에만 적을 물리치면 폭격은 안 해도 되는 건가요?"

성준의 말에 대령은 어리둥절했다.

"그야 당연하지만, 저희의 화력으로는 그 시간 동안 막는 정도밖에는 안 됩니다. 전력 차이가 너무 납니다."

성준은 대령을 보고 또박또박 말했다.

"전력은 저희 귀.환.자.가 훨씬 강합니다."

대령은 멍해져 성준을 바라보았다.

쾅!

드디어 경기장을 향해 적의 공격이 시작되었다. 대령은 너무 늦은 상황에 대피를 포기하고 부대를 지휘하기 시작했다.

"저희도 전투에 참여하겠습니다."

"네?"

놀란 대령을 뒤로한 채 성준은 일행을 향해 몸을 돌렸다. 그는 주디에게 신호를 보냈다.

성준의 신호에 주디가 손을 들자 그녀의 수호룡이 하늘로 날아올랐다.

그리고 경기장 하늘에 거대한 서양 용이 나타났다.

일순간 모든 소리가 멈추었다. 시끄러운 전투 소리도, 사람들의 고함도 멈추었다.

놀란 얼굴로 하늘을 올려다보는 대령을 지나치며 성준이 말했다.

"우리 편이에요. 사격하지 말라고 하세요. 그리고 밖의 군인들은 안으로 들여보내고요."

성준은 땅을 박차 경기장 담장 위에 올라서서 밖을 내다보았다. 그 옆으로 귀환자들이 차례로 올라왔다.

"자, 이제 어떻게 할지 볼까?"

성준은 전방을 바라보았다.

경기장 위 하늘에서 서양 용처럼 생긴 몬스터가 괴성을 질렀다.

"크와아아아아앙!"

그 순간 수도 방기에 비현실적인 세상이 펼쳐졌다.

＊　　　　　＊　　　　　＊

　장군의 기갑부대는 패닉에 빠졌다. 이들은 여태 몬스터를 실제로 본 적이 없었다. 더군다나 대다수 군인이 인터넷 등도 접해본 적이 없어서 눈앞의 몬스터가 그저 전설의 괴수로 보였다.

　"살려줘!"

　"괴물이다!"

　사방에서 민간인들이 몬스터를 피해 달아나기 시작했다.

　전쟁은 습관적으로 겪어서 집 안에 숨어 있는 것으로 참아내던 이들이지만 눈앞에 보이는 괴수는 다른 문제였다.

　모두 공포에 질려 거리로 쏟아져 나와 괴물과 반대 방향으로 달려 나갔다. 그리고 많은 반군도 놀라 도망가기 시작했다.

　"멈춰! 달아나면 총살이다! 저건 환상이야!"

　장군은 무전기를 들고 외쳤다. 피를 토하는 듯한 장군의 외침에 다행히 패닉은 멈추었고, 기갑부대는 태세를 정비했다.

　"경기장에 환상을 만들어내는 귀환자가 있을 것이다. 모두 경기장을 향해 공격해라. 혼쭐이 나면 멈추겠지."

　"장군님, 그러다가 귀환자들이 죽기라도 하면 어떡합니까?"

　부관이 옆에서 걱정스럽다는 표정으로 물었다.

"미 제국주의자들도 귀환자들이 귀환한 줄 알면 잘 숨겨두었겠지. 어차피 외벽이다. 저걸 부숴야 안으로 들어갈 수 있어! 시가지 민간인들이 뒤로 빠진 지금 전폭기로부터 방패로 삼을 건 귀환자들밖에 없다!"

장군도 바보는 아니었다. 그동안 민간인들을 방패로 전폭기들을 막으려고 했으나 지금처럼 민간인들이 다 도망가고 없으면 남은 대안은 하나밖에 없었다.

"사격!"

펑! 펑! 투투투투투!

BMP—1 보병 전투차에서 발사되는 73㎜ 저압포와 기관총들이 경기장을 향해 발사되었다. 엄청난 화력은 곧 경기장을 통째로 부술 것만 같았다.

징징징!

하지만 발사된 포탄과 총알은 경기장 벽을 뚫지 못하고 그 앞에서 반투명한 거대한 방패에 부딪쳐 막히고 말았다.

"이게 무슨……?"

눈앞에서 이해할 수 없는 장면을 보게 된 장군은 이를 악물고 소리쳤다.

"계속 쏴라! 금방 부서질 거야!"

장갑차에서 뜨겁게 열을 뿜으며 방패 능력을 향해 사격을 계속했다.

＊　　　＊　　　＊

　재식이 방패 능력을 펼치며 인상을 썼다.

　"아무래도 오래 못 버티겠는데? 타격은 이쪽도 만만치 않아."

　성준은 멀리 사격하는 장갑차들을 바라보며 말했다.

　"우리도 반격해야겠습니다. 보람!"

　성준은 보람에게 소리쳤다. 주디의 몬스터에게 공격 명령을 내리기에는 몬스터의 공격이 너무 광역 공격이라 주위의 피해가 심할지도 몰랐다.

　보람은 앞으로 나섰다. 어차피 성준과 귀환자들은 수백 명 이상의 가디언들과 싸워온 상황이다. 더는 자신들을 공격하는 적에 대한 자비는 존재하지 않았다.

　보람이 두 손을 들어 올리자 공중에 검은 영기가 생기더니 주위의 수분을 끌어당겼다. 그러자 비가 와 공기 중에 가득하던 수분이 모두 영기로 끌어당겨져 수십 개의 물 덩어리가 생겼다. 보람이 준비가 끝나자 성준은 소리쳤다.

　"모두 공격!"

　다들 자신의 무기를 꺼내 들고 기다리고 있던 귀환자들이 적을 향해 화살과 창을 날렸다.

그 뒤를 따라 보람의 물 덩어리들이 한쪽 끝을 보람의 손에 남겨둔 채로 적을 향해 날아갔다. 날아가는 물 덩어리와 보람은 가는 물줄기로 이어져 있었다.

21세기의 세상에 장갑차를 향해 창과 화살이 날아갔다. 어처구니없는 광경이겠지만 창과 화살이 빛을 뿌리면서 날아가 장갑차를 터뜨리고 뚫어버린다면 이야기가 달라진다. 순식간에 10여 대의 보병 전투차와 병력수송 장갑차가 박살 났다.

그리고 보람이 쏘아 보낸 물 덩어리는 남은 장갑차들을 감싸 버렸다. 그 상태에서 보람은 능력을 전환했다. 보람의 손에서부터 물줄기가 얼기 시작했다. 그리고 결국 장갑차들은 얼음 덩어리에 갇혀 버렸다. 공격하던 모든 장갑차는 침묵했다. 잠시 거리가 조용해졌다.

쿠루루룽~

바로 건물 한 채에서 장갑차 한 대가 튀어나왔다. 뒤에 숨어 있어서 발견하지 못한 것이다.

장갑차는 맹렬한 속도로 경기장을 향해 달려갔다.

"내가 너희를 잡아서 위대한 조국을 다시 일으킬 것이다! 외세의 침범을 받지 않는 위대한 조국을!"

장군은 장갑차 안에서 피를 토하면서 외쳤다. 하지만 장군의 목소리는 아무도 듣지 못했다.

성준은 검을 들어 올려 장갑차를 가리켰다. 검에 강한 빛이 모여 있다.

퍼엉!

성준의 검에서 압축된 영기가 발사되었다.

쾅!

경기장 바로 앞까지 다가온 장갑차는 성준의 공격으로 크게 파괴되고 그 자리에서 멈추었다.

성준은 감각을 올려보았다. 자신들을 향한 살기가 더는 느껴지지 않았다. 성준은 뒤를 돌아보고 대령을 향해 외쳤다.

"연락하세요! 더는 이곳에 적이 존재하지 않습니다!"

멍하니 귀환자들을 바라보던 대령은 정신이 번쩍 들었다.

그는 급하게 사령부에 연락하기 시작했다.

마지막으로 하늘에서 맴돌던 몬스터는 영기로 변해 다시 작아져 주디의 어깨 위에 내려앉았다.

다시 수도는 현실로 돌아왔다.

십여 분 후 경기장 담 위에 걸터앉은 귀환자들 위로 백여 대의 전폭기가 편대를 이루면서 지나갔다. 전투기들은 시가지를 지나쳐서 반군의 본진을 향해 나아갔다.

그리고 잠시 뒤 멀리 지평선에서 큰 소리와 함께 환한 빛이 연속적으로 뿜어져 나왔다.

"지금의 폭격은 전폭기들이 반군 본진의 진격을 막는 것입니다. 아마도 기갑부대가 전멸하고 반군 수장도 죽었으니 곧 뒤로 물러설 겁니다."

성준이 의아해할까 봐 대령이 성준에게 와서 이야기해 주었다. 성준은 고개를 끄덕였다.

구름은 이제 걷혀 있다.

멀리 노을이 붉게 물들고 있었다.

그날 저녁, 반군은 폭격이 지나간 후 그 자리에 멈추더니 잠시 후 뿔뿔이 흩어지기 시작했다.

지휘부가 모두 몰살당했기 때문에 각기 그룹별로 흩어진 것이다. 이들은 다른 반군에 참여하거나 고향에 돌아가거나 약탈범이 될 것이다. 아니면 정부군에 참여하거나.

일행은 반군의 이야기를 듣고 축구 경기장, 아니, 이제는 몬스터홀이던 구덩이 옆에 텐트를 치고 잠자리에 들었다.

밤에 시가지를 지나 공항으로 가는 것은 위험한 일이었다. 군인들의 호위를 받으며 일행은 모두 잠자리에 들었다.

성준은 어두운 밤에 자리에서 일어나 문양의 앞에 섰다. 그는 조용히 문양을 바라보았다.

─공간 연결진 파괴됨.

―행성과 행성을 연결하는 연결진.
―부네 던전 관리 실무자 제작.
―제작자 소멸로 연결진 파괴.
―영기 농도 차로 영기 누수 발생.

이곳도 악마 몬스터가 죽음으로써 뉴욕과 같은 상황이 된 것이다. 이곳이 무한 동력의 산실이 될지 귀환자와 넘버 피플의 오아시스가 될지는 아직은 알 수 없었다.

성준은 움찔 뒤로 물러났다.

문양의 영기가 이중으로 보이는 것 같았다. 그때 성준은 직감적으로 알았다.

다음 레벨이면 이 지구를 공격하고 있는 몬스터홀의 중심이 되는 곳의 문양을 알아볼 수 있을 것으로 성준은 확신했다.

*   *   *

다음 날 아침 식사 후에 일행은 장갑차에 몸을 싣고 공항을 향해 움직이기 시작했다. 밤사이에 증파된 인원으로 군인들의 숫자가 많아 보였다.

길은 어제의 전투로 막혀 있어 많이 돌아가게 되었다. 하지만 어제의 전투 이후 반군의 움직임은 전혀 보이지 않았다.

다행히 일행은 무사히 공항에 도착할 수 있었다. 공항은 수송기들이 계속해서 착륙하고 있었다. 몬스터홀이 파괴된 지금 이상하게도 미국은 자국의 군대를 증가시키고 있었다.

성준은 맥길로이 대령의 배웅을 받았다.

"수고하셨습니다."

성준의 말에 대령은 성준에게 경례했다. 성준은 마주 경례를 하고 대령에게 한 가지 물어보았다. 돌아가는 길에 궁금증을 풀고 싶었다.

"도대체 반군의 장군은 무슨 생각이었답니까?"

성준은 이렇게 무식한 돌격을 한 장군의 심정이 궁금했다.

"반군 중의 생존자에게 이야기를 들었는데 귀환자, 즉 여러분을 잡아 다른 나라를 협박할 생각이었답니다. 이 나라에 몬스터홀이 한 군데 더 있으니 그 몬스터홀을 이용해서 여러분을 붙잡고 있을 생각이었던 모양입니다."

"그것만으로 이렇게 무모한 짓을 하다니요."

성준은 그런 단순한 생각으로 움직인 장군을 이해할 수가 없었다.

"그는 다른 나라를 혐오했습니다. 이번에 이렇게 수도를 빼앗기면 절대 되찾을 수 없을 것이라고 믿었습니다. 아마 그것이 심리적으로 그를 압박했나 봅니다."

성준은 대령의 말을 듣고 주위를 둘러보았다. 미군 수송기가 계속해서 착륙하고 있다.

멀리 경기장을 바라보았다. 그곳에서 한줄기 검은 영기가 올라오는 것이 보였다. 미국은 이곳을 제2의 뉴욕 몬스터홀로 만들 모양이었다.

"그의 생각이 맞을 것 같네요. 미국은 절대 이곳을 떠나지 않을 겁니다."

성준은 대령과 인사를 하고 전용기에 올라탔다. 전용기는 전투기들의 호위를 받으며 한국을 향해 출발했다.

비행기는 15시간을 날아 김포공항에 도착했다. 시차로 인해 서울은 아직 늦은 저녁이었다.

일행은 모두 깨끗한 저녁 공기를 느끼며 비행기에서 내려섰다. 귀환자 일행이 비행기를 벗어나자 성준은 승무원과 기장을 불러 감사를 전했다.

"모두 겁이 많이 났을 텐데 잘 견뎌주었습니다. 감사드립니다. 감사의 의미로 보너스를 여러분의 통장에 조금 넣어드렸습니다. 앞으로도 잘 부탁합니다."

성준의 말에 조금 불만이던 얼굴들이 모두 펴졌다. 안 그래도 이번 아프리카 비행에 모두 겁에 질렸던 까닭이다. 전쟁터 한가운데 있었으니 겁에 질릴 수밖에 없었다.

그리고 성준이 비행기 밖으로 나가자 비행기 안에서 환호성이 울려 퍼졌다. 승무원들이 핸드폰으로 보너스를 확인한 모양이다.

성준은 하은과 수리, 그리고 보람과 함께 비행기에서 내려오다 뒤에서 들리는 환호성에 미소를 지었다. 주디는 어느새 성준의 허락을 받고 저 앞의 정 교관 옆에 붙어 이야기를 걸고 있었다.

하은은 성준과 같이 내려오다 뒤에서 들려오는 환호에 보너스 금액이 궁금해졌다.

"아무래도 조금이 아닌 모양이에요?"

보람이 하은의 말에 대답했다.

"우리 귀환자들 입장에서 조금이니까."

하은은 요즘 귀환자들의 수익을 생각하다 고개를 끄덕였다.

"많은 돈이겠네요. 얼마 전까지는 나도 적은 돈에 연연해 했는데 지금은 신경도 안 쓰고 있으니."

"워낙 엄청난 일들이 벌어지고 있으니 당연한 거야."

하은은 멀리 신이 나 있는 사람을 보고 한숨을 내쉬었다.

"그래도 한 명은 처음과 똑같네요."

"호호호호! 내일은 쇼핑이다! 이번에도 살아남았으니 싹쓸이다! 기다려라, 내 신상들아!"

헤라가 호탕한 웃음을 웃으며 걸어가고 있다. 다들 헤라의 모습에 질렸는지 슬금슬금 그녀를 피해 버스에 올랐다.

일행을 태운 버스는 얼마 안 가 조합 건물에 도착했다. 성준은 버스가 도착하자 내리기 전에 일행에게 해산을 명했다.

"모두 수고했습니다. 내일 하루는 휴가입니다. 모두 즐겁게 쉬고 모래 사무실에서 봅시다."

성준의 말이 끝나자 일행은 모두 인사를 하고 헤어졌다.

성준은 이번에 새로 들어온 사람들에게도 오피스텔을 제공했지만, 집이 따로 있는 사람도 있어 버스에서 서로 작별을 고했다.

성준은 자신의 오피스텔에 들어서면서 한숨을 내쉬었다. 성준의 뒤로 세 여성이 재잘거리면서 들어온 것이다.

'이제는 오히려 내가 하숙하는 느낌이네.'

성준의 한마디면 오피스텔을 따로 쓸 수도 있지만, 가디언과 주인이라는 것이 평범한 인간관계와 다르다는 것을 이제는 알 수가 있었다.

수리와 하은은 주디의 방을 정리한다며 부산스럽게 움직

였고, 잠시 뒤 다른 여자들도 주디에게 옷을 빌려준다는 핑계로 성준의 오피스텔로 쳐들어왔다.

성준은 어쩔 수 없이 자신의 방으로 피신했다.

성준은 방에 앉아 밖의 수다를 들으며 쓴웃음을 지었다. 수다의 내용 중 1/3은 자신에 대한 뒷이야기였다.

성준은 고개를 흔들고 구슬 하나를 소환해 냈다. 그리고 앞에 나타난 구슬을 영기분석으로 확인했다.

—영기보석 이동속도 증가 레벨 5.
—레벨 5 영기 성장치 100 검투사를 6레벨 검투사로 만듦.
—레벨 6 이하 검투사의 영기 성장치를 증가시킴.
—순간적인 이동속도를 증가시킴.
—레벨이 증가할수록 속도가 증가, 영기 소모량이 감소함.
—적용 방법: 먹기.

악마 몬스터를 죽인 후 나온 구슬이다. 나쁘지 않았다. 그동안 몬스터들의 속도를 감각으로 알 수 있었지만 몸이 따라가지 못해 많은 고생을 했는데 이제는 어느 정도 따라갈 수 있을 것 같았다.

하지만 성준은 한숨을 쉬었다. 그는 자신의 손목을 확인했다.

―검투사 정보.

―영기 레벨 5.

―영기 성장치 30.

―영기 98.

―영기분석 레벨 4, 고속 저중력 이동 레벨 4, 허공 도약 레벨 3, 영기 방출 레벨 2, 피부 강화 레벨 1.

―가디언 4레벨, 가디언 3레벨, 가디언 1레벨(100).

―영기화된 구리 장검(전기 소켓), 영기화된 발렌제국 제식 장검―3레벨(100).

―영기 능력치 250.

5레벨 악마 몬스터를 죽였는데 30이 오른 상황이다.

동급 악마 몬스터 세 마리를 더 잡아야 레벨 업을 할 수 있을 것 같았다. 아님 그 아래 레벨의 몬스터들을 잡아야 하는데 도대체 얼마나 많은 몬스터를 잡아야 하는지 한숨이 절로 나왔다.

자신의 정보를 보다 성준은 고개를 갸웃거렸다.

100이라고 표시된 정보가 둘 보였다. 그중에 1레벨 가디언이면 주디이다. 벌써 레벨 업을 할 수 있는 성장치가 되었다.

성준은 1레벨이 고레벨 귀환자들과 몬스터들 사이에서 어떻게 성장치를 올렸는지 궁금했다. 그는 내일 주디에게 물어보기로 했다.

그리고 또 하나의 100 성장치를 보고 성준은 난감해했다. 자신의 성장치를 뺏어먹고 또 성장치가 100이 된 자신의 검을 향해 화를 내야 할지 잘되었다고 기뻐해야 할지 알 수가 없었다.

그날의 정신없는 밤은 지나가고 다음 날 아침이 되었다.

하은과 수리는 식사 준비를 한다고 부엌에서 부산스럽게 움직이고 있고, 주디는 식탁에 앉아 그 모습을 빤히 바라보고 있다.

주디는 미리의 꽃무늬 잠옷을 빌려 입은 상태였다. 그 모습이 마치 인형처럼 보였다.

수리와 하은이 식사를 준비하며 식탁에 앉은 주디에게 이곳의 사회에 대해 이것저것 알려주고 있었다.

수리가 4레벨이 되어 정보 공유를 한 명 더 할 수 있는 상황이었으나 성준에게 말도 없이 그의 정보를 하은에게 전해주어 성준에게 혼나는 바람에 주디에게는 이렇게 말로 설명하고 있는 것이다.

그 모습을 보고 성준은 한숨을 내쉬었다. 아무래도 정보 공유를 허가해야 하나 고민스러웠다. 혼낸 지 얼마 되지 않아 바로 허락하기에는 마음이 내키지 않았다.

며칠만 더 생각해 보기로 했다.

성준은 식탁에 앉아 어젯밤부터 궁금하던 내용을 주디에게 물어보았다.

"주디, 너 성장치 100 된 것 맞지?"

주디의 눈은 동그래졌다.

"정말 주인님은 다 아네요. 신기하다."

"레벨도 낮으면서 어떻게 성장치를 올렸어? 레벨 차 때문에 싸움도 힘들었을 텐데."

성준의 말에 하은과 수리가 고개를 돌려 주디를 바라보았다. 그녀들도 궁금한 모양이다.

주디는 손을 들어 베란다를 가리켰다. 그곳에는 주디의 수호룡이 있었다. 베란다의 난간에 올라가 멀리 바라보며 무게를 잡고 있었는데 그 모습이 귀엽기만 했다.

"웬투스랑 저는 성장치를 공유하는 모양이에요. 웬투스가 몬스터를 잡으면 저도 같이 성장치가 올라가요."

성준은 그 이야기를 듣고 한숨을 내쉬었다. 자신의 검과 정반대였다.

"다 자기 복이지."

성준은 그렇게 넋두리를 하고 주디의 앞에 구슬 하나를 올려놓았다.

"이게 뭐예요?"

주디가 구슬을 보고 물었다.

"주디 레벨 업 하려고 준비한 거예요? 무슨 능력인데요?"

하은도 구슬의 능력이 궁금한 모양이다.

"주디의 아버지가 남긴 거야. 네 아버지는 나에 의해 돌아
가셨어. 그리고 마지막 유언으로 나에게 주디, 너를 부탁하셨
어. 미안하다. 네 아버지를 죽게 한 것……."

성준은 주디에게 머리를 숙였다.

주디는 구슬을 집어 들며 고개를 흔들었다. 그녀의 은발이
고개에 따라 흔들렸다.

"아니에요. 아버지도 감사하셨을 거예요. 그리고 이 선물
은 정말 감사드려요."

주디는 성준에게 감사를 표했다. 그녀의 눈에서 눈물이 흘
러내렸다.

"그것은 고유 능력 구슬인 것 같아. 영기 편술이라고 정보
가 나왔어."

성준의 말에 그녀의 눈이 반짝였다. 아버지에게 배웠지만
이번에 성준의 가디언이 되면서 초기화된 능력이다. 이 능력
을 배우면 아버지의 가르침을 놓치지 않을 수 있었다. 그녀는
다시 한 번 마음속으로 성준에게 감사했다.

"그런데 그 구슬은 2레벨 구슬이야. 이 구슬을 쓰기에는 주디가 아직 레벨이 안 되니 우선 다른 구슬로 2레벨을 만들어야 해. 혹시 원하는 능력 있어?"

성준의 말에 주디는 고개를 흔들었다.

"저는 이 구슬만 있으면 돼요. 아무거나 골라주세요."

성준은 구슬 하나를 더 꺼내 그녀에게 건네주었다.

"이 구슬은 귀환자팀에 필요한 능력 같아서 꺼낸 거야. 싫으면 이야기해."

성준은 그녀의 손에 들린 구슬을 다시 한 번 확인했다.

—영기보석 정보 전송 레벨 1.

—레벨 1 영기 성장치 100 진입자를 2레벨 검투사로 만듦.

—레벨 2 이하의 검투사 영기 성장치를 증가시킴.

—원하는 사람에게 생각을 전달할 수 있음.

—레벨이 증가할수록 전달 인원 증가, 거리 증가.

—적용 방법: 먹기.

그녀에게 준 영기보석은 이번 몬스터홀에서 지휘관 가디언들에게서 나온 정보 전송 구슬이었다. 다행히 1레벨 지휘관도 끼어 있었는지 1레벨 구슬을 얻을 수 있었다.

성준은 그녀에게 구슬에 대해 설명하려고 했으나 주디는

바로 구슬을 입에 넣었다. 성준은 그녀의 모습에 쓴웃음을 웃었다.

성준과 하은, 수리는 조용히 그녀의 고통이 끝나기를 기다렸다.

잠시 뒤 주디가 눈을 떴다. 조금 고민하는 표정이다.

[들려요? 정말 감사드려요.]

성준과 가디언들은 깜짝 놀랐다. 갑자기 머릿속에 주디의 목소리가 들린 것이다.

"들렸어요?"

주디가 성준과 가디언들에게 소리를 내 물었다.

모두 고개를 끄덕였다.

그 뒤 주디의 말에 의하면 지금은 동시에 3~4명 정도가 한계이고 거리도 그리 멀리까지는 안 될 것 같다고 했다.

"인원과 거리야 레벨을 올리면 되겠지. 악마 몬스터를 보니 보스 존에서 던전 전체에 명령을 내리는 모양이더라고. 레벨만 충분하면 주디, 너도 그렇게 될 수 있어."

성준는 그렇게 주디를 안심시켰다.

"우선 주디는 빨리 성장치 100을 채워야겠다. 그래야 아버지 능력을 이어받을 수 있을 거야. 생각 같으면 구슬로 강제 레벨 업을 시켜주고 싶은데 얼마 전에 지출이 심해 지금은 좀 어려울 것 같아."

성준의 지출에 크게 이바지한 수리와 하은이 고개를 숙였다.

잠시 뒤 식사를 마친 주디는 2레벨이 된 것을 자랑한다며 오피스텔을 나갔다. 성준은 주디를 보내면서 의문이 생겼다.

"미리나 다른 친구들하고 친해졌나 보네. 벌써 이렇게 찾아갈 정도라니."

성준의 말에 수리와 하은은 고개를 흔들었다.

"아마도 정 교관님 찾아 옥상의 헬기 착륙장에 갔을걸요. 요즘 정 교관님 거기서 훈련하세요."

하은이 성준에게 자기 생각을 이야기했다. 수리도 하은의 생각에 동의했다.

성준은 그녀의 말에 고개를 끄덕였다. 주디가 자신의 아버지를 닮은 정 교관을 따르는 것이야 별 상관없었다. 단지 자신보다 정 교관을 더 따르는 것 같아 조금 섭섭한 마음이 드는 것 같기도 했다.

"주인님, 걱정하지 마세요."

수리가 성준의 마음을 알아차렸는지 한마디 했다.

"어차피 주디는 주인님의 가디언이에요. 그녀는 아버지를 잃은 슬픔을 떨쳐버릴 때까지만 정 교관을 따를 겁니다. 잠시만 기다리면 주인님의 옆에 있게 될 거예요."

수리는 단정적으로 이야기했고, 하은과 성준은 그런 수리의 모습에 등에서 식은땀을 흘렸다.

*   *   *

그날 뉴스와 인터넷에는 대문짝만 하게 귀환자 조합 건물이 메인 화면에 떡하니 나왔다.

그리고 그 제목에 이렇게 적혀 있다.

귀환자 조합, 드디어 드래곤의 성을 만들다!

화면에는 조합 건물 옥상에 거대한 서양 용 한 마리가 자리를 잡고 있는 모습이 보였다.

주디가 정 교관에게 레벨 업을 자랑하다가 자신의 수호룡을 키운 모양이다. 그 모습을 멀리서 귀환자 조합을 감시하던 기자가 찍은 것이리라.

성준은 소식을 듣고 바로 정보 공유를 하지 않은 자신의 실수를 한탄하고 그 자리에서 주디에게 정보 공유를 시켰다.

하지만 귀환자 건물 아래에는 용을 보러 온 많은 사람이 계속 진을 치게 되었고, 귀환자 조합 건물은 그 뒤로 용의 성이라고 불리게 되었다.

제3장
관문 |

주디는 한바탕 성준에게 혼난 후 다른 여성들과 함께 쇼핑
을 하러 백화점에 가게 됐다. 성준도 너무 심하게 혼낸 것 같
아 바로 승낙했다. 수리는 남으려고 했지만 성준은 그녀도 같
이 보냈다. 여성들과의 시간도 필요할 것 같기 때문이다.

가디언들을 모두 보내고 혼자 남은 성준은 회의실로 향했
다. 성준은 회의실에 앉아 생각을 정리했다. 잠시 뒤 조 실장
과 회의를 할 예정이다.

성준은 악마 몬스터에게 세뇌를 당했을 때 몬스터에게 자
신의 기억을 읽히는 와중에 악마 몬스터의 기억 중 일부를 읽

을 수 있었다. 악마 몬스터의 잘못이었는지 자신의 고유 능력 때문에 생긴 일인지는 아직도 정확하게 알 수 없었다.

성준은 그 원인에 대해 고민하는 것을 멈추고 다시 그 당시 얻은 정보에 생각을 모았다.

기억은 여러 가지가 섞여 있고 성준으로서는 알 수 없는 내용도 많았지만, 최근의 기억은 온전하게 얻을 수 있었다.

잠시 기억을 더듬던 성준은 회의실로 들어오는 조 실장을 맞이했다. 성준은 조 실장과 인사를 하고 바로 단도직입적으로 이야기를 시작했다.

"다름이 아니라 제가 이번에 악마 몬스터들의 정보를 얻을 수 있었습니다. 어떻게 해야 할지 같이 생각을 해보고 싶어 조 실장님을 불렀습니다."

성준은 자신이 얻은 정보를 가지고 정치적으로 움직이는 문제에 대해 조언이 필요하다고 생각해 조 실장을 부른 것이다.

성준은 간단하게 이번 던전에서의 일을 조 실장에게 이야기하고 이번에 얻은 기억에 관해 이야기하기 시작했다.

"우리의 예상대로 그들 악마 몬스터들에게 문제가 있었습니다. 우리 지구를 담당하고 있는 악마 몬스터의 우두머리에게 쿤차이의 능력이 전해진 모양입니다."

쿤차이와의 전투 이후에 성준이 조 실장에게도 쿤차이의

능력을 알려주어 조 실장은 바로 이야기의 핵심을 파악했다.

"동족 영기 강탈이라면 그들끼리 내분이 일어났겠군요."

"네, 지구를 담당하는 악마 몬스터들이 모여 있는 별이 있는데 그 별의 최고 지휘자가 지구에서 얻은 능력을 자신들이 사용할 수 있도록 만드는 모양입니다. 아무튼 그가 그 능력을 자기만 취하고 바로 그 별에 있는 다른 악마 몬스터들을 공격한 모양입니다."

조 실장이 의아해하며 물어보았다.

"그럼 그 위쪽에서 알고 제재를 하지 않나요?"

"아, 본성이라는 중심 별이 있는 모양인데 그 우두머리가 그 별과의 통로를 끊어버렸답니다. 그가 다시 연결하지 않고 그 본성이라는 곳에서 연결하려면 많은 시간이 걸리는 모양입니다."

조 실장은 그 이야기를 듣고 아쉬운 표정을 지었다.

"만약 우리가 그 별에 갈 수 있었다면 좋을 뻔했군요. 그 우두머리를 죽이고 지구를 숨겨 버리면 어쩌면 그들에게서 숨을 수도 있었을지도 모르겠네요."

성준을 고개를 끄덕이고 계속 이야기했다.

"아마도요. 아무튼 그래서 대다수의 악마 몬스터들이 죽고 몇 명만이 그에게 항복해서 복종 계약을 한 모양입니다."

성준은 그 뒤의 이야기를 해주었다.

우두머리에게 공격당한 악마 몬스터 중 하나가 달아나 뉴욕에 나타난 것과 그 악마 몬스터를 쫓아온 다른 악마 몬스터가 자리를 잡은 것이 이번에 아프리카에 생긴 몬스터홀이라는 것을 알려주었다.

"그래서 지금 지구에 있는 태반의 몬스터홀은 그 우두머리가 지배하고 있는 모양입니다. 요즈음 신규 몬스터홀이 뜸한 이유가 우두머리가 몬스터홀을 장악하는 데 시간이 필요했기 때문 같습니다."

"그럼 이제 다시 몬스터홀들이 생성되기 시작하겠군요."

"네, 제가 얻은 기억에 의하면 앞으로 남은 시간은 한 달 정도로 보입니다. 그 뒤에는 고레벨 몬스터홀이 차례로 열릴 겁니다. 그리고 그에 앞서서 추격을 보낸 악마 몬스터의 연락을 기다리다 다른 악마 몬스터를 보낼 수도 있습니다."

"암울한 이야기군요."

조 실장은 성준의 이야기에 표정이 어두워졌다.

"네, 지금처럼 있다가는 몬스터홀을 쫓아다니다 다른 별처럼 멸망하고 말 겁니다."

성준도 조 실장의 말에 동의했다.

"말씀하시는 내용에 대안이 있으신 것 같으십니다."

조 실장은 성준의 말에서 다른 생각이 있는 것을 알 수 있었다.

"좀 전에 조 실장님이 말씀하신 내용을 한번 해볼 생각입니다."

"네?"

"우리가 그 별로 가서 우두머리하고 결판을 내야 할 것 같습니다."

성준의 눈이 깊게 가라앉아 있다.

*   *   *

다음 날부터 성준은 정력적으로 조합의 업무를 처리하기 시작했다. 성준은 우선 전기 소켓 문제를 결론지으려고 했다.

조합 회의실에는 성준과 빈센트, 그리고 조 실장이 앉아 있다. 성준은 그동안의 실험 결과를 빈센트에게 물어보았다.

"실험은 성공입니다. 예상보다 훨씬 많은 전기를 생산할 수 있었습니다. 영기의 양도 충분해서 최대 200개분의 전기 소켓을 감당할 수 있을 것 같습니다. 그리고 100개 정도면 뉴욕시 전체를 감당할 수 있는 전기를 생산할 수 있습니다."

성준은 빈센트의 말에 머릿속으로 계산해 보았다.

"그럼 구슬 비용만 3,000억이잖아요. 다른 발전소에 비해 너무 비싼 것 아닌가요?"

"구슬 비용에다가 기타 소요되는 비용을 더해도 발전소 중

건설 비용이 제일 싸다는 화력발전의 1/3도 안 됩니다."

성준은 예상외로 비싼 발전소 건설 비용에 놀랐다. 빈센트
는 잠시 말을 끊었다가 다시 이야기했다.

"하지만 솔직히 기존 발전소보다 몇 배 비싸도 상관이 없
습니다. 연료비가 무료입니다. 거기다 현재로써는 환경오염
이나 방사능 걱정도 없습니다. 무공해 무한 에너지인 셈입니
다."

조 실장이 빈센트의 말을 이어서 이야기했다.

"미국에서 바로 요청이 들어왔습니다. 무제한으로 전기 소
켓을 만들어 달라는 이야기였습니다. 가격은 개당 60억을 불
렀습니다."

"이 구슬을 다 구하려면 정신이 없겠는데요? 더군다나 국
내는 2레벨 몬스터홀이 거의 정리돼서 쉽지 않을 것 같은데
요."

이제는 조합 사정을 다 알게 된 빈센트가 나름 걱정이 되었
던 모양이다. 빈센트의 말에 성준은 고개를 내저었다.

"우리가 전부 구할 필요 있나요? 어차피 네트워크도 구축
했고 전기 소켓 제조법도 독점이니 사버리죠."

한국 귀환자 홈페이지의 거래 게시판은 활황 상태였다.

그동안 성준이 푼 구슬들로 인해 구슬 유통이 활성화되고
있었다. 그동안 오른 가격도 많이 내려가 다시 30억 안팎으로

가격이 형성되어 있었다.

대부분 구슬은 외부 던전에 휘말려 넘버 피플이 된 부자들이 경험치 증가를 위해 구매하고 있었다. 아직 2레벨 귀환자들이 살아남기 힘든 상황에서 구슬을 습득한 사람들은 그들 부자에게 자신의 구슬을 팔고 있었다.

그렇게 계속 오르던 가격은 뉴욕에 영기 회복 지역이 생겼다는 소문이 나면서 많이 내려갔다.

넘버 피플이 된 부자들이 몬스터홀에 들어가지 않고 영기를 회복하기 위해 미국으로 이주하거나 비행기로 왕복하기 시작한 것이다.

성준은 조합 자금으로 유통되는 전기 구슬을 끌어 모으기 시작했다.

미국도 한국 귀환자 조합이 전기 구슬을 모으고 있다는 것을 알았지만, 조합만이 전기 소켓을 만들 수 있기 때문에 오히려 응원해야 할 판이었다.

*   *   *

성준과 귀환자들은 그 뒤로 열흘 동안 해외 원정을 두 군데나 다녀왔다.

성준은 그동안 2레벨 몬스터홀을 찾느라 상당 시간을 해외에서 돌아다닐 수밖에 없었다. 그는 겨우 김 회장이 준 리스트에서 2레벨 몬스터홀을 찾아내 원정을 마쳤다.

하지만 귀환자팀은 두 원정 중 한 군데 몬스터홀만 제거했다. 다른 한 군데 몬스터홀에서 전기 구슬을 토해내는 몬스터를 발견한 것이다.

성준은 계속 전기 구슬을 얻으려고 일부러 몬스터홀을 제거하지 않고 남겨두었다.

덕분에 김 회장의 투덜거림을 들었지만 성준은 신경 쓰지 않았다.

그 후 몬스터홀을 들어갈 때마다 귀환자들이 들고 들어간 구리 검에 그동안 가지고 있던 구슬과 인터넷 거래로 구한 구슬, 그리고 이번의 공략에서 구한 구슬을 합쳐서 50개의 전기 소켓을 완성할 수 있었다.

성준은 바로 미국에 50개의 전기 소켓을 전달했다.

그리고 그 다음 날 미국은 백악관에서 대통령이 직접 나와 기자회견을 했다.

백악관에 기자들이 벌 떼처럼 모여들었다.

그동안 전 세계 경제는 급전직하로 가라앉고 있었다. 이제 선진국들이 쏟아 부은 자금이 거의 말라가고 있었고, 숨겨오던 위험 지표들이 눈앞에 나타나기 시작한 것이다.

기자들은 대부분 대통령이 경제에 대해 암울한 발표를 할 것이라 예상하고 단단히 성토할 생각으로 백악관으로 모여들었다.

"미국 정부와 한국 귀환자협회는 이번에 뉴욕 몬스터홀을 제거하면서 발생한 영기 누수를 효과적으로 제거하면서 전기 발전을 할 수 있는 기술을 개발했습니다."

대통령은 들어오자마자 기자들에게 한 방 먹였다.

대통령은 기자들을 둘러보았다. 기자들은 몬스터홀 문제와 추락하는 경제를 가지고 물어뜯을 생각이었다가 뒤통수를 맞게 되어 멍한 표정들이다.

"이 발전소는 건설 비용이 기존 발전소의 반도 안 되고 연료 값이 전혀 안 듭니다. 이미 건설에 들어가 있고 뉴욕시에 완공되는 발전소는 뉴욕시 전체의 전력을 감당할 겁니다. 그리고 아프리카에도 뉴욕과 같은 영기 생성 지점이 있습니다."

대통령이 발표를 마치자 기자들은 벌 떼처럼 일어나 질문을 던졌다. 질문에 대답하는 대통령의 표정은 간만에 자신감이 넘치고 있었다.

그날 바닥을 모르고 떨어지던 전 세계 증시는 일제히 폭등했다.

그리고 성준은 전기 소켓을 전달하고 받은 금액에 만족했다.

회의실에 성준과 베르거 교수가 앉아 있다. 성준은 전기 소켓 문제를 마무리한 상황이다. 꾸준히 전기 구슬만 구하면 되는 상황이었다.

이젠 다음 단계로 나아갈 때였다.

성준은 교수 앞에 구슬들을 내려놓았다.

"이제 교수님도 3레벨이 되실 때가 되었습니다. 구슬 비용은 조합장 전권으로 조합비에서 지급될 것입니다."

교수는 성준의 갑작스러운 이야기에 의문스러운 표정으로 그를 바라보았다.

"조금 서두르는 것 같은 기분이네만. 그리고 내가 3레벨이 되어도 도움이 될지도 모르겠고……."

성준은 서두르고 있다는 교수의 말에 긍정했다. 하지만 꼭 필요한 상황이었다.

"서두를 일이 생겼습니다. 그리고 교수님이 3레벨이 되면 조합에, 아니, 이 세상에 충분히 도움이 될 겁니다."

성준은 아프리카에서 감각이 진화하는 것을 경험한 후 다른 사람들이 레벨 업을 하면 기존 능력이 어떻게 진화할지 희미하게 보이게 되었다.

교수는 성준이 강한 어조로 하는 이야기에 수긍할 수밖에 없었다.

어차피 자신은 조합의 도움으로 몬스터홀에 들어가지도 않고 생활하고 있었다. 조합에 도움이 된다는데 마다할 이유가 없었다.

교수는 구슬을 하나하나 먹기 시작했다. 그리고 100 경험치가 차자 마지막 구슬을 들어 올렸다.

"이건 무슨 능력인가?"

"정보 전송입니다. 저번 던전에서 좀 많이 나와서요."

성준은 조금 미안한지 머리를 긁적였다.

교수는 끙 소리를 내고 구슬을 삼켰다. 공짜로 얻는 구슬을 가지고 찬밥 더운밥 가릴 수 있는 상황이 아니었다.

고통을 참은 교수는 잠시 눈을 감고 새로 얻게 된 능력을 검토했다. 성준은 교수의 정보를 확인했다.

―검투사 정보.

―영기 레벨 3.

―영기 성장치 0.

―영기 80.

―영기 주술진 분석 조정 레벨 2, 벽 밟기 레벨 2, 정보 전송 레벨 1.

―영기 능력치 160.

성공했다. 주술진 분석 능력이 성준의 예상대로 변했다.

교수는 잠시 뒤 눈을 떠 성준을 보고 말했다.

"자네 말이 맞는 것 같구먼. 문양을 어느 정도 복원할 수 있을 것 같아. 아마도 자네는 뉴욕에서 본 망가진 공간 연결진을 복구하고 싶은 모양이구먼."

"네, 늦기 전에 적진을 공격해야 할 것 같습니다."

성준은 굳은 표정으로 이야기했다.

은성그룹은 결국 1차 부도가 났다. 그룹이 부도가 난 것은 여러 가지 원인이 있었다.

몬스터홀 발생 이후 몬스터홀 때문에 수많은 기업이 무너져 내리고 있었다. 그 와중에 은성도 크게 타격을 입은 상태였다. 은성그룹은 그 대안으로 귀환자의 팀을 만들어 그룹 차원에서 대대적으로 지원했다.

하지만 그 귀환자들의 팀이 실패하고 모두 실종되자 다른 저레벨 귀환자들이 모두 회사를 떠나 버렸다.

그렇게 되자 그동안 지원한 모든 자금이 손실로 처리되어 버렸고, 더군다나 그룹의 이미지도 타격을 입었다.

거기다가 성준이 끝까지 몬스터홀을 제거하지 않은 청주 몬스터홀도 은성그룹에 큰 타격을 주었다. 청주에 있는 은성그룹 산업단지는 귀환자 조합이 절대 몬스터홀을 제거하지 않을 것이라는 소문이 돌자 많은 직원과 하청 기업의 이탈이 있었다.

하지만 이 모든 것은 그래도 은성그룹이 버틸 수 있는 문제였다.

실질적인 부도의 원인은 은성그룹과 한국 귀환자 조합이 적대한다는 소문 때문이었다.

누군가 성준에게 이 소문에 대해 물어보았을 때 성준이 소문에 대해 긍정도 부정도 하지 않아 한국 재계는 거의 진실로 받아들였다.

그 뒤로 은성그룹으로 향하는 거의 모든 신규 계약이 취소되기 시작했다. 건설은 분양에 실패하고 정부 계약이 줄줄이 취소되었다.

더군다나 더 큰 문제는 해외에서 생겼다.

미국과 러시아를 비롯한 거의 모든 선진국에서 은성그룹에 대해 모든 계약을 파기하고 신규 계약을 거절한 것이다.

마지막으로 은행들이 은성그룹에 대해 대출을 막아버리니 더는 버틸 여력이 없었다.

물론 성준은 아무 말도 안 했지만, 각국 정보부에서 알아서 성준과의 관계를 알아내어 상부에 보고한 것이다.

그리고 각국 정부는 문제가 될 만한 소지를 없애기 위해 은성그룹을 쳐내었다.

결국 은성그룹은 법정 관리에 들어갔고, 회장에 대한 소식은 끊어졌다. 그리고 은성그룹과 함께 성준에 대해 모의하던 사람들은 깊이 숨어 혹시나 성준에게 들킬까 봐 벌벌 떨게 되었다.

*　　*　　*

베르거 교수는 검은색으로 일렁이는 문양 앞에 서 있었다. 그 문양에서는 영기가 뭉게뭉게 흘러나오고 있다.

이곳은 뉴욕의 영기 발전소 건설 현장이다. 주위에는 한창 건설 공사가 진행 중이고, 한쪽에는 사람들이 끝도 없이 줄을 서서 영기를 채우고 나가는 모습이 보였다.

그들은 이곳 뉴욕에서 넘버 피플이 된 사람들과 해외에서 날아온 부유한 넘버 피플들이었다. 그들은 문양 앞에 선 베르거 교수와 성준, 그리고 그의 가디언들을 힐끔거리며 쳐다보았다.

성준과 베르거 교수는 이번에 레벨 업을 한 교수의 능력을 확인하기 위해 이곳 뉴욕에 온 것이다.

베르거 교수는 눈을 감고 능력을 사용했다. 베르거 교수의 손에서 뻗은 영기는 눈앞의 문양과 연결되어 기묘한 흐름을 만들어냈다.

교수가 만들어낸 영기는 문양 사이를 흘러 다니다 이곳저곳을 건드리고 지나갔다.

한참을 그렇게 있던 교수는 손을 내리고 감고 있던 눈을 떴다. 교수의 표정이 밝아 보이지 않았다.

그는 성준에게 말했다.

"아무래도 정보가 부족해서 안 되겠네. 비교 군이 너무 적어. 적어도 4레벨 몬스터홀에 한 번 갔다 와야겠어. 그 아래 레벨의 문양 정보는 상위 문양에 다 있으니 4레벨 몬스터홀이면 될 거야."

"4레벨 몬스터홀이면……."

성준은 머릿속으로 한국의 몬스터홀 명단을 확인했다. 성준의 말에 교수는 고개를 흔들었다.

"던전 내부의 출발 지점 것도 필요해. 몬스터홀 밖의 것만으로는 의미가 없어."

성준은 교수의 말에 식은땀을 흘렸다.

"저희가 아직 3레벨까지밖에는 안 들어가 봤는데요."

"어차피 악마 몬스터가 있는 본거지에 간다고 말하지 않았나? 그럼 4레벨 던전 정도는 다닐 수 있어야지. 아무튼 예상보다 너무 망가졌어. 복구하려면 망가진 부분의 원형 모델이 있어야 해."

성준은 난감한 표정으로 수리를 돌아보았다. 수리도 애매한 표정으로 미소 지었다.

그렇게 난감해하고 있는 성준에게 미국의 정부요원이 달려왔다. 무슨 할 말이 있는 모양이다. 성준은 요원의 말을 듣고 교수를 먼저 한국에 보내고 따로 움직였다.

*　　　*　　　*

성준은 구멍 아래의 문양을 확인했다.

—소환진.
—레벨 1. 현재 상태.
—레벨 2. 닫혀 있음.
—지구인을 소환해서 레벨 1 던전에 진입시킴.

다행히 이번에는 2레벨 몬스터홀이었다. 성준은 양손으로 눈을 비볐다. 이제는 문양에 엉겨 있는 영기의 모습이 상당히 잘 보이게 되었다. 전보다 훨씬 어지러웠지만 조금만 더 노력하면 예언자가 말한 중심이 되는 몬스터홀을 찾을 수 있을지도 몰랐다.

이곳은 샌프란시스코에 있는 몬스터홀이다. 성준은 뉴욕에서 미국 정부의 부탁을 받아 미국 몬스터홀의 최대 진입 레벨을 확인하고 있었다.

"주인님, 다 확인되었나요?"

뒤에서 수리가 물었다.

"그래, 이제 미국은 거의 마무리한 것 같아. 슬슬 집으로 돌아가야지."

미국이 드디어 2레벨 몬스터홀의 공략에 다시 성공했다.

워싱턴에 있는 몬스터홀을 공략하는 데 성공했는데, 귀환자팀의 리더인 에드워드가 일행의 위험에 2레벨 구슬을 먹어 버리면서 각성한 새로운 능력으로 일행을 구출하고 보스 몬스터까지 제거한 것이다.

40명이 들어가서 30명이 살아나온 험난한 결과였지만 그래도 또 하나의 몬스터홀을 제거한 귀환자팀이 생겼다는 데 모두 만족했다.

그런데 문제가 하나 생겼다. 3레벨 귀환자가 생겨 버린 것이다.

미국 정부는 다행히 미국에 있는 성준을 확인하고 지급으로 그에게 도움을 요청했다. 그래서 지금 성준이 이렇게 미국을 동에서 서로 가로지르면서 몬스터홀의 레벨을 확인하고 있는 것이다.

"결국 미국도 4레벨 몬스터홀이 최고네. 혹시 지구에는 5레벨 몬스터홀이 없는 건가? 수리의 고향 별은 어땠어?"

수리는 고개를 흔들었다.

"저희는 최고 레벨을 알 수 있는 사람이 없었어요. 그래서 수많은 사람이 죽어갔고요. 저희는 마지막에 발생한 5레벨 몬스터홀밖에는 알 수가 없었어요. 도움이 못 돼서 죄송해요."

"수리가 미안해할 건 없어. 어서 돌아가자. 이 정도면 우리가 할 바는 다한 것 같아."

성준은 샌프란시스코 몬스터홀을 마지막으로 확인하고 한국으로 출발했다. 미국 정부는 귀환자 조합과 성준 개인에게 크게 보답했다.

한편 러시아에서도 3레벨 귀환자가 탄생했다. 하지만 그들은 미국과 다른 방법을 택했다.

"어서 오세요!"

성준이 미국에서 돌아와 조합 사무실에 들어서자 마리아가 성준을 보고 환하게 인사했다.

성준은 갑자기 등장한 마리아에 놀라 그녀의 정보를 확인했다.

─검투사 정보.
─영기 레벨 3.
─영기 성장치 7.

—영기 50.
　—안개 생성 레벨 2, 영기 마비 레벨 1.
　—영기 능력치 167.

　3레벨이었다. 성준이 놀라서 마리아를 쳐다보자 마리아는 사정하는 어조로 말했다.

　"다른 귀환자들과 열심히 몬스터홀을 다니다 그만 3레벨이 되어버렸어요. 3레벨 던전에 들어가서는 살아남을 방법이 없어 귀환자 조합에 목숨을 의탁하러 왔습니다. 거두어주세요."

　그녀의 뒤쪽에서 재식이 반드시 들어주어야 한다는 듯 주먹을 불끈 쥐어 보였다.

　성준은 난감했다. 그 큰 러시아를 다니면서 2레벨 던전을 찾아줄 시간은 없었다. 그렇다고 그녀가 거짓말을 하는 것도 아니어서 나 몰라라 하기에도 그런 상황이다.

　"조합 전체에 의견을 물어봐야 해요. 그 뒤에 결정하겠습니다."

　성준은 전체의 의견을 물어보기로 했다. 그리고 그날 회의에서 마리아의 위탁 가입이 확정되었다. 뒤에서 재식의 강력한 로비가 있었다는 소문이 있었다.

　그 후 러시아에서 조합에 감사 인사가 도착했다.

성준은 러시아에서 보낸 글을 읽고 등골이 서늘했다. 글에는 감사 인사와 함께 앞으로도 잘 부탁한다는 내용이 길게 적혀 있었다.

"아무래도 귀환자들이 3레벨이 되는 족족 보낼 모양인데?"

성준은 앞으로는 절대 받아들이지 않기로 굳게 다짐했다.

*   *   *

다음 날, 회의실에서는 보람이 귀환자 조합의 재무 관련 발표를 하고 있었다.

"현재 조합 전체 수익이 1조 원을 돌파했습니다. 그중 35%는 귀환자들에게 돌아갔고 35%는 나중을 위해 예치되었습니다. 그리고 나머지 30%는 조합 운영비로 잡혀 있는 상태입니다."

보람은 계속 이야기했다.

"이번에 돌아가신 네 명의 귀환자 유가족에게 예치금에서 각각 100억씩 지급되었습니다. 다행히 가입 시 지급 당사자들을 확실하게 기재하셔서 크게 문제가 될 것 같지는 않습니다."

그녀는 터치패드의 내용을 다시 확인하고 이야기를 마무리했다.

"그리고 새로 1레벨에서 구슬을 받아 2레벨이 되신 모든 귀환자 분은 구슬 값을 모두 갚으시고 30억 정도의 배당을 받으셨고, 다른 분들은 그 몇 배의 배당을 받으신 상태입니다."

보람이 이야기를 마무리하자 성준은 회의실을 둘러보았다. 이곳에 귀환자 조합의 모든 귀환자가 모여 있다.

"갑자기 조합의 재무 상황을 이야기한 이유는 다름이 아닙니다."

성준이 보람이 비켜준 자리에 서서 모두에게 이야기를 시작했다.

그는 모두에게 아프리카의 던전에서 악마 몬스터에게 얻은 기억에 관해 이야기했다.

한 달 뒤면 걷잡을 수 없이 고레벨 몬스터홀이 늘어난다는 이야기와 악마 몬스터들이 사는 별에 관한 이야기, 그리고 그 사이를 연결하는 문양에 관해 이야기했다.

베르거 교수가 레벨 업을 해서 별 사이를 연결하던 고장 난 문양을 복구할 수 있을 것 같다는 이야기도 했다.

성준의 이야기에 모두 충격에 빠진 모양이다.

"그래서 최종적으로 적의 본거지인 별을 공략할 귀환자들이 필요합니다. 인원은 소수 정예만 갈 예정입니다. 교수님의 이야기로는 20명 정도가 이동 가능할 것 같답니다."

성준은 잠시 말을 쉬고 주위를 둘러보았다. 모두 성준의 말에 집중하고 있다. 성준은 말을 이었다.

"위험한 일인 관계로 지원자를 받겠습니다. 지원한 사람들은 조합이 가지고 있는 모든 구슬을 이용해 우선 4레벨 던전을 통과할 예정입니다. 그 뒤 다른 별로 진입할 겁니다."

성준의 말에 모두 긴장된 표정이다.

"상당히 위험한 일입니다. 기존과는 다르게 생존율이 극히 떨어집니다. 어떤 일이 생길지 전혀 알 수 없습니다. 조합의 자금은 충분합니다. 지원하지 않으셔도 귀환자로 사는 데는 전혀 어려움이 없을 겁니다."

성준이 굳은 표정으로 말했다.

"그리고 지원했다가 사망한 분들의 가족에게도 최대한의 보상을 할 예정입니다."

성준의 말에 회의실의 공기가 차가워졌다. 그때 한 귀환자가 손을 들어 성준에게 물었다.

"그럼 지원하지 않는 사람들은 어떻게 되나요?"

"제가 그동안 준비한 최대 레벨이 2레벨인 몬스터홀의 목록입니다."

성준은 들고 있던 서류에서 하나의 종이를 꺼냈다. 그 종이에는 그동안 다니면서 확인한 몬스터홀의 최대 레벨이 빽빽이 적혀 있었다.

"저번 전기 구슬이 나오는 몬스터홀도 이 안에 있습니다.

지원하지 않는 분들은 2레벨 몬스터홀의 유지와 전기 구슬의 습득을 우선하시면 됩니다. 벌이가 나쁘진 않을 겁니다."

성준의 말에 회의실에 작게 웃음소리가 돌았다.

"누군가는 해야 하는 일입니다. 하지만 지금 지구상에 저희만이 가능한 상황입니다. 심사숙고해 주시기 바랍니다."

성준은 말을 마치고 회의를 종료했다. 사람들은 각양각색의 모습을 보였다. 고민하는 사람, 서로 이야기하는 사람 등등 여러 모습을 보였다.

성준은 조용히 자리에서 일어나 밖으로 나갔다. 그런 성준의 뒤로 그의 가디언들이 따라 나왔다.

복도를 걸어가다가 성준은 뒤를 돌아 가디언들을 바라보았다.

"미안해. 너희에게는 선택권을 줄 수가 없네."

어차피 성준이 죽으면 모두 사라질 게 분명했다. 수리는 그의 말에 고개를 가로저었다.

"우리는 주인님의 가디언입니다. 주인님을 따르는 것이 당연합니다."

주디는 주먹을 굳게 쥐고 말했다.

"아버지의 복수를 위해서 당연히 싸워야 해요!"

성준은 하은을 돌아보았다. 그녀의 눈가에 눈물이 맺혀 있다.

"괜찮아요. 어차피 갈 생각이었어요. 이건 그냥 나온 거예요."

하은은 눈가의 눈물을 닦으며 밝게 말하려고 노력했다. 그런 그녀를 수리가 안아주었다.

영상 회의실은 성준의 목소리만 조용히 흘러나오고 있었다. 그의 말을 안보리 상임이사국의 수장들이 경청하고 있다.

성준은 악마 몬스터에게서 얻은 정보와 자신의 계획을 모두 각국의 수장들에게 이야기했다.

그가 이야기를 마친 후에도 다들 잠시 아무 말도 하지 못했다. 조금 뒤 충격을 추슬렀는지 미 대통령이 먼저 나서서 이야기했다.

"그럼 현재 안정기라고 생각되었던 상황이 자연적이라는 것이 아니라는 거군요."

성준은 그의 말에 동의했다. 오히려 지금이 과도기였다.

"네, 얼마 안 있으면 2레벨과 3레벨 몬스터홀이 부지기수로 등장할 겁니다. 지금도 모두 열심히 대비하고 있겠지만 더욱 노력해야 할 것으로 생각됩니다."

"그나마 발전소 이슈 덕에 경제를 조금 추슬렀는데……."

영국 총리가 조금은 맥 빠지는 목소리로 중얼거렸다.

"이제 경제가 문제가 아닙니다. 한 달 뒤가 되면 하루하루 생존이 문제가 될 겁니다."

성준은 냉정하게 상황을 이야기해 주었다.

"지금 이야기를 100% 신뢰할 수 있습니까?"

중국 주석이 성준을 보며 물었다. 그는 지금의 상황을 회피하고 싶었을지도 모른다.

"글쎄요. 저 자신은 100% 확신하고 있지만 받아들이는 것은 여러분 몫일 것 같습니다."

성준의 말에 중국 주석은 헛기침을 했다. 성준의 대답에 무안한 모양이다.

"혹시나 다른 대안은 없겠습니까?"

프랑스 대통령의 말에 성준은 오히려 반문했다.

"그런 대안이 있으면 오히려 제가 부탁하고 싶습니다. 저나 저희 귀환자 조합 사람들은 모두 민간인 출신입니다. 어린 학생도 있고요. 다른 대안을 찾으시면 제발 알려주시기 바랍니다."

성준은 화면을 향해 고개를 숙였다. 모두 성준에게서 고개를 돌렸다. 성준도 더는 대안이 없다는 것을 알고 있었다.

어차피 기존의 무기가 통하지 않는 이상 귀환자들이 처리해야 할 상황이었다.

이야기를 듣고 있던 미 대통령이 성준에게 물었다.

"저희가 무엇을 도와드릴까요. 최선을 다해 돕겠습니다."

성준은 그의 말에 이 자리를 마련한 이유를 이야기했다.

"귀환자들의 네트워크가 필요합니다. 현재 저희가 인터넷으로 구축한 네트워크가 있지만, 여러분 정부 소속의 귀환자들과는 연결이 끊어져 있습니다. 지금과 같은 상황에서는 하나의 유기적인 연결이 필요합니다."

성준의 말에 중국 등 몇 나라가 조금은 미묘한 표정을 지었다.

"세계를 구하기 위해서입니다. 부탁합니다."

성준은 다시 한 번 부탁하며 한 가지 이야기를 더 했다.

"그리고 저희 귀환자 조합의 남겨진 사람들을 부탁합니다. 저희가 실패하면 남은 사람과 힘을 합쳐 이곳을 부탁합니다."

회의는 그렇게 끝이 났다. 나머지 이야기는 그들 각국의 실무진이 이야기를 진행할 것이다.

과연 성준의 생각대로 될 것인지는 알 수가 없지만, 성준은 자신이 최선을 다했다고 생각했다.

*   *   *

다른 별을 방문할 인원이 정해졌다.

우선 호영과 미영이 가기로 했다. 호영은 미영을 남기고 싶어했지만, 미영이 절대 반대를 외쳤다.

"나 혼자 남아 있어서 무슨 의미가 있겠어요. 그리고 이곳에서 처음으로 제가 쓸모 있는 사람이라는 것을 확신하게 되었어요. 이제야 보람 있게 된 삶을 다시 의미 없이 만들지 말아줘요."

미영의 말에 호영은 고개를 끄덕이고 말았다.

그리고 혜라와 다희는 하은을 따라가기로 했다. 하은은 친구들을 껴안아주었다.

미리와 친구들도 가기로 했다. 여고생들이 가기로 하자 모든 조합원이 그들을 말렸다. 하지만 그녀들은 말했다.

"죽은 친구들하고 약속했어요. 절대 뒤에서 숨지 않기로, 서로 지켜주기로. 저희는 약속을 지킬 거예요."

그녀들의 의지는 그녀의 부모들조차 꺾을 수 없었다.

재식은 상당히 고민했다. 그로서는 남아서 편히 지내는 것도 그리 나쁜 선택은 아닌 것 같았다. 하지만 결국 그는 눈물을 머금고 가기로 했다.

마리아가 가기로 한 것이다.

그리고 당연하게 보람도 가기로 했다. 성준은 보람의 어머니 때문에, 조 실장은 그녀가 빠지면 자신의 업무 부하 걱정으로 그녀를 말렸지만 소용없었다.

"어머니는 깨어나시지 못하면 제가 옆에 있어도 아무 의미가 없어요. 이미 평생 입원 비용은 다 지급했어요. 혹시 알아요? 그곳에 가서 어머니를 깨어나게 할 수 있는 능력을 발견할지."

성준에게 그렇게 말한 보람은 조 실장을 째려보았고, 조 실장은 침묵했다.

그리고 영기 공간 능력자인 주희가 가기로 했다. 그녀의 능력이 필요한 성준은 따로 그녀에게 어떻게 부탁하나 고민하고 있었다. 하지만 그녀가 먼저 가겠다고 하자 오히려 성준은 의아해했다.

그녀는 성준에게 말했다.

"여기밖에는 있을 곳이 없어요."

밖에 남겨진 것이 아무것도 없고 귀환자 조합의 여성들과 친해지게 된 그녀는 이곳이 집인 셈이었다.

그리고 폭발 화살 능력자인 두 명의 군인 출신의 귀환자와 정찰하러 다니던 이동속도 증가 능력자, 그리고 흙 이용 능력자가 같이 가기로 했다.

그리고 성준은 정 교관은 남아 있도록 부탁했다.

"남은 사람을 책임질 사람은 정 교관님밖에 없습니다."

"저도 가고 싶습니다만……."

말을 하다가 정 교관은 한숨을 내쉬었다. 자신이 생각해도 남은 사람을 책임질 사람이 필요했다.

"알겠습니다."

정 교관은 쓸쓸한 표정으로 성준과 함께 멀어지는 수리를 잠시 바라보았다.

이 인원에 베르거 교수와 성준, 그의 가디언들을 포함한 19명과 한 마리의 수호룡이 타격대로 결정되었다.

그들은 우선 4레벨 몬스터홀을 향해 버스를 타고 이동했다. 버스에는 그들 18명과 베르거 교수가 같이 타고 있었다. 이번의 몬스터홀 진입의 실질적인 목표는 베르거 교수의 몬스터홀 문양 확인이었다.

그리고 조합의 남은 인원은 정 교관이 통솔해 우선 청주 몬스터홀로 이동했다. 성준은 정 교관이 잘해낼 것으로 믿어 의심치 않았다.

한국에는 하나의 4레벨 몬스터홀이 존재했다. 광주 몬스터홀이다.

광주 몬스터홀은 성준이 2레벨일 때 보람, 하은 세 명이 함께 빠져나온 사막 지역 던전이다.

성준과 하은, 그리고 보람은 광주 몬스터홀을 다시 가는 것에 감회가 새로웠다. 이곳을 방문한 지 얼마 안 되었는데 벌써 몇 년은 지난 것 같았다.

버스를 타고 광주를 내려가는 도중에 뒤에서 헤라가 구시렁거렸다.

"처음으로 4레벨 던전을 들어가는데 이게 예행연습이라니 말도 안 돼. 3레벨 던전 처음 들어갈 때는 긴장돼서 죽을 뻔 했는데 뭔가 민숭민숭해."

그녀의 말에 역시 다희가 받아쳤다.

"걱정하지 마! 들어가서 4레벨 엘리트 몬스터를 만나면 바로 긴장할 테니까!"

"헉! 그러고 보니까 4레벨 엘리트가 나오잖아?"

헤라가 '긴장된다, 긴장돼' 하며 소리를 쳤다. 덕분에 사람들은 오히려 긴장이 풀렸다.

일행은 그녀들이 하는 행동이 자신들의 긴장을 풀어주기 위한 것이라는 것을 얼마 전부터 알게 되었다.

"음, 잠시만 고민해 보자. 그냥 남는 게 나을까? 그럼 배당금이 왕창 깎이는데. 이번에 요트 하나 살려고 하는데……."

'아니면 그냥 바보일지도…….'

헤라의 말을 듣고 모두는 그렇게 생각했다.

광주에 도착한 일행은 근처의 호텔에서 하룻밤을 자고 아침에 몬스터홀로 출발했다.

차는 시내의 상점가를 지나가고 있었다. 하은은 창밖을 바라보았다. 저번에 왔을 때는 거의 사람이 다니지 않고 상점의

셔터가 내려가 있었는데 지금은 그래도 많이 열려 있다. 하지만 지나다니는 사람은 별로 보이지 않고 거리는 고즈넉했다.

자세히 보니 닫혀 있는 상점들은 아예 폐업 처리를 한 것 같았다. 달리는 차 안까지 주인들의 한숨 소리가 전해지는 것 같은 느낌이다.

"아무래도 경기 자체가 망가진 게 클 거야. 거기다가 아무리 시간마다 몬스터홀을 연장한다고 해도 사람 심리가 안심이 안 되지. 이곳은 앞으로도 계속 나빠질 거야."

하은이 밖을 보고 있는 것을 본 성준이 이야기했다. 하은은 안 좋은 얼굴로 고개를 끄덕였다.

전 세계가 이런 상황이다. 귀환자들은 그나마 수익이 높아 생활에 문제가 없지만 일반 사람들은 거의 대공황 직전이었다. 이번의 뉴욕의 발전소 발표로 겨우 호흡기만 꽂은 상황이다.

버스는 금남로 공원 앞에 도착했다. 오랜만에 만났는데 군인들이 성준을 알아보았다. 그만큼 인상에 남았나 보다.

모두 장비를 챙기고 몬스터홀 옆에 섰다. 성준은 몬스터홀의 문양을 확인했다.

—소환진.
—레벨 1. 현재 상태.

—*레벨 2. 닫혀 있음.*

—*레벨 3. 닫혀 있음.*

—*레벨 4. 닫혀 있음.*

—*지구인을 소환해서 레벨 1의 던전에 진입시킴.*

그동안 1레벨 귀환자들만 진입해서 1레벨인 모양이었다.

성준은 일행을 잠시 멈추게 하고 베르거 교수에게 자신이 확인한 내용을 이야기해 주었다.

교수는 성준의 이야기를 들은 후 눈을 감고 문양에 자신의 영기를 접속시켰다. 잠시 영기가 문양 사이를 훑고 지나가더니 교수가 눈을 떴다.

"역시 반쪽이야. 안으로 들어가야 해."

혹시나 하던 성준은 한숨을 내쉬었다. 편하게 끝나는 법이 없었다.

"모두 들어갑시다."

성준의 말에 모두 밑으로 내려가기 시작했다. 성준은 일행이 모두 내려간 것을 확인한 후 자신도 밑으로 내려갔다.

부웅~

일행이 한 명 한 명 내려갈수록 문양이 바뀌고 있었다. 2레벨 귀환자가 내려가니 2레벨 진입 문양으로 바뀌고, 3레벨 귀환자가 내려서니 3레벨로, 그리고 성준이 내려서니 4레벨 진입 소환진으로 바뀌었다.

잠시 뒤 문양에서 강한 빛이 나더니 모두 사라졌다.

*   *   *

성준이 눈을 뜨고 본 광경은 항상 보아온 초기 지역이었다.
반원의 외벽에 한쪽에 큰 동굴이 뚫려 있고 바닥의 문양이 빛
나고 있었다.

성준은 바닥의 문양을 확인했다.

—소환 대응진.

—레벨 4.

—46번 소환진에 대응.

간단한 내용이었다. 성준은 자신이 알아낸 정보를 교수에
게 이야기해 주었다. 교수는 성준의 이야기를 듣고 기뻐했다.

"그걸 알고 싶었어. 소환진과 대응진의 연결고리가 필요하
거든."

교수는 자신의 능력으로 문양을 확인했다.

"오케이, 충분해. 이제 나가서 문양을 조정하면 될 거야."

교수의 말에 이번에는 다희가 투덜거렸다.

"나가는 게 문제예요."

우선 성준은 이동속도 증가 능력자에게 정찰을 부탁했다. 정 교관이 없는 지금 자신이 나서서 정찰하러 다니기가 쉽지 않았다.

잠시 뒤 돌아온 그의 표정이 묘했다.

"아무래도 이상한데요? 마치 몬스터홀에 처음 진입할 때의 동굴 같아요. 쭉 진행하면 큰 공터가 있고 가운데 뼈가 쌓여 있는 작은 동산과 주위에 동굴들이 있어요."

성준도 그의 말에 의아해했다. 우선 그곳까지 위험이 없다는 이야기에 성준은 저녁까지 아직 시간이 있어 모두와 함께 그가 말한 공터로 이동했다.

일행이 본 광경은 그의 말과 일치했다. 공터의 크기는 예상보다 컸지만 중앙의 뼈의 산과 사방의 동굴은 마치 처음 그들이 들어온 던전의 느낌이었다.

모두 어리둥절하고 있을 때 성준은 감각을 활성화했다.

그러자 성준의 감각에 무엇인가 걸렸다. 뼈의 산에 반짝이는 물체가 꽂혀 있다.

성준은 성큼성큼 걸어서 뼈가 쌓여 있는 작은 동산 위로 올라갔다. 그리고 그는 그 위에 꽂혀 있는 대검 한 자루를 보았다.

성준은 검을 뽑아보았다. 검 자체는 튼튼했지만 여기저기 상처가 많아 대단해 보이지는 않았다.

하지만 그 검의 날에는 날카로운 것으로 새겨진 글이 적혀 있었다. 그 글은 자신이 죽어 영기가 되어도 남아 있을 검에 적어놓은 검사의 유언이었다.

이곳은 항상 바뀌는 끝도 없는 거대한 미로. 버티고 버티며 20일 동안 이곳까지 도착한 것이 한계. 나는 최선을 다했다.

성준은 글을 읽고 밑으로 내려가 검을 사람들에게 보여주었다. 그 내용을 보고 새로 들어온 사람들은 표정이 어두워졌지만, 성준과 같이 다니던 귀환자들은 표정의 변화가 없었다.

다만 수리의 표정이 어두워졌다.

"그래서 4레벨에서 귀환하지 못했는지도 모르겠네요."

하지만 수리는 얼른 기분을 풀었다.

"오히려 편해진 것 같은데요?"

하은이 성준에게 말했다. 성준은 하은의 말에 고개를 끄덕였다.

그리고 감각을 활성화한 성준의 눈에 던전 전체의 영기 흐름이 한눈에 보였다.

성준의 감각에 벽을 뚫고 거대한 영기의 흐름이 흘러가는 것이 느껴졌다. 그 흐름은 결국 한 방향으로 움직였다. 그 끝이 이 던전의 중심일 것은 분명했다.

"목표는 찾은 것 같아."

성준의 말에 수리가 시간을 확인하고 물었다.

"그런데 시간상으로는 이제 저녁이에요. 어떻게 하죠?"

성준은 감각으로 주위를 살피고 일행을 잠시 기다리게 한
후 공터 전면에 난 동굴로 가보았다. 동굴은 폭이 상당히 넓
었다. 성준이 동굴 안쪽을 바라보자 마치 지하철의 통로를 보
는 기분이 들었다.

느껴지는 감각을 확인하고자 성준은 동굴 벽을 손으로 쓸
어보았다. 한쪽으로 표면이 쓸린 것이 확실했다.

'몬스터가 만든 동굴이 맞아.'

성준은 기억을 더듬었다. 전에 하은, 보람과 같이 이곳 2레
벨 던전에 들어왔을 때 본 몬스터 중에 이런 동굴을 만들 수
있는 몬스터가 있었다. 성준은 자신들이 쫓기고 매달렸던 거
대한 지렁이 몬스터가 생각났다.

그는 인상을 썼다. 혹시나 그런 몬스터가 일행이 쉬고 있을
때 땅을 뚫고 지나갈 경우 안심하고 쉴 수 있는 곳이 없었다.

성준은 일행이 있는 곳을 돌아보았다. 다행히 그곳의 바닥
은 거대한 바위로 이루어져 있었다. 이 던전은 중간중간에 거
대한 바위 위에 존재하는 공터와 그 사이사이를 연결하는 통
로로 이루어진 모양이었다.

성준은 일행에게로 돌아가 상황을 설명했다.

"아무래도 이곳에서 쉬어야 할 것 같습니다. 동굴은 안전하지가 않습니다."

성준의 말에 일행은 이곳에서 캠핑을 하기로 했다. 중앙에 뼈의 산이 자리 잡고 있었지만 이제 그런 것에 신경 쓰는 귀환자는 존재하지 않았다.

그날 저녁 일행은 주희 덕분에 풍족한 식사와 편한 잠자리를 즐기고 아침 일찍 출발 준비를 했다.

일행의 수도 적어지고 주희의 능력 제어가 향상되어 이제는 넉넉한 생활이 가능해졌다. 돌아가며 불침번을 서기는 했지만 안락한 잠자리가 제공되자 모두 씩씩한 모습들이다.

성준은 공터 중심의 뼈 사이에 꽂혀 있는 대검을 잠시 바라보고 일행을 출발시켰다.

그는 검의 주인이 편히 쉬기를 바랐다. 성준은 중앙의 동굴로 일행을 인도했다. 성준의 감각으로 중앙의 동굴이 영기가 모이는 중심과 방향이 비슷했다.

일행은 크게 뚫린 동굴을 따라 걸어가기 시작했다. 이곳도 마찬가지로 빛나는 돌이 사방에 꽂혀 있어 어둡지가 않았다.

한번은 주희의 영기 공간에 아이디어를 얻은 귀환자들이 지구로 돌아갈 때 빛나는 돌을 캐서 그녀의 공간에 넣고 돌아간 적이 있었다.

그리고 밖에서 그 돌을 꺼내자 환하게 빛나는 돌의 모습에 잠시 환호했지만 돌은 금방 어두워지고 말았다. 영기가 다 떨어진 것이다. 그 뒤로 귀환자들은 빛나는 돌을 보고도 시큰둥했다.

조금 한가한 이동이 계속되자 미리가 어제부터 궁금하던 내용을 다희에게 물어보았다.

"근데 던전이면 당연히 길이 계속 유지돼야 하지 않나요? 어떻게 길이 계속 바뀔 수 있죠?"

미리는 어제 칼에 적혀 있던 글귀가 궁금했나 보다.

다희는 당연히 그 이유를 몰랐다. 다희가 대답을 하지 못해 땀을 삘삘 흘리기 시작하는데 동굴 전체가 조금씩 흔들리기 시작했다.

모두가 어리둥절하고 있을 때 성준은 감각으로 원인을 알아냈다. 아래쪽에서 거대한 영기가 올라오고 있었다.

"모두 앞으로 뛰어!"

성준은 모두에게 외치고 본인도 앞으로 달렸다. 일행은 모두 성준의 말을 따라 앞으로 달려갔고, 흔들리는 땅 위를 50m 정도 달리자 성준은 일행을 멈추어 세웠다.

성준은 뒤쪽을 돌아보았다. 성준이 뒤를 바라보자 일행도 성준이 바라보는 방향을 쳐다보았다.

잠시 뒤 땅의 울림이 점점 강해지더니 한순간,

쿠앙!

바닥이 터져 나가면서 지하철만 한 거대한 지렁이의 머리가 일행이 있던 자리에서 솟구쳐 올랐다. 그리고 그 지렁이는 그대로 천장에 머리를 들이받았다.

일행은 벽에 박은 충격으로 멈출 것으로 생각했지만 지렁이는 천장을 뚫고 올라갔다. 그리고 잠시 뒤 꼬리까지 천장으로 사라졌다.

지렁이 몬스터가 사라지자 일행이 있던 자리는 뒤쪽의 통로가 무너져 내리고 위아래로 새로 구멍이 생긴 모습이 되었다.

그 모습을 멍하니 바라보던 다희가 미리에게 말했다.

"아까 질문에 설명이 필요하니?"

"아니요."

미리는 고개를 저었다. 눈앞에 보이는 광경으로도 충분했다.

성준은 계속 일행을 전진시켰다. 동굴은 곳곳에서 몬스터들이 일행을 기다리고 있었다.

얼마를 전진하자 통로에 사람 몸통만 한 수많은 구멍이 나 있는 지역이 나왔다.

성준은 일행을 정지시켰고, 호영으로 하여금 나무 하나를 생성해서 구멍이 나 있는 지역으로 쏘아 보내게 했다.

나무가 구멍이 난 통로를 지나가자 구멍에서 사람 몸통만 한 지렁이 몬스터들이 튀어나왔다. 나무는 얼마 지나가지도 못하고 지렁이 몬스터들에게 갈기갈기 찢겨 버리고 말았다.

성준이 처음 이 2레벨 던전에 들어왔을 때 본 몬스터들이다. 군인들과 정 교관의 부하인 임 하사를 죽인 몬스터였다.

"제가 처리할게요."

그 모습을 보고 수리가 나섰다. 수리는 구멍이 난 통로를 향해 터벅터벅 걸어갔다. 그리고 잠시 뒤 그녀가 구멍 사이를 지나가자 지렁이 몬스터들이 튀어나왔고, 그녀의 주변으로 피보라가 일어났다.

앞으로 걸어가고 있는 수리의 주변에는 검 한 자루가 무서운 속도로 날아다니고 있었다. 지렁이 몬스터들이 그녀에게 덤벼들다 모두 검에 쓸려나가고 있었다.

"삐이이이익!"

지렁이 몬스터의 비명이 동굴을 가득 메웠다.

수리는 구멍이 나 있는 지역을 모두 지나간 후 일행에게 손을 흔들었다. 구멍이 있는 지역 중 일행이 있는 지역 쪽은 피가 변한 검은 영기가 가득 솟아오르고 있고, 그녀가 있는 지역은 사방이 피와 시체가 난자되어 있었다.

"역시 제일 무서운 건 수리 언니야. 반항하지 말아야지."

헤라의 말에 남자들을 포함한 모든 귀환자가 고개를 끄덕였다.

일행이 그 지역을 지나 앞으로 전진하고 있을 때, 땅의 진동과 함께 일행의 뒤에서 거대한 살기가 밀려왔다.

성준이 영기를 확인하자 거대한 2레벨 엘리트 몬스터가 일행을 향해 달려들고 있었다.

—사막 환형 생물 실험체 각성 버전 2.
—2등급.
—지하 지형 테스트를 위해 제조.
—특이 능력 각성: 거대화, 영기 굴착.
—강점: 큰 상태에서도 땅을 파고 지나갈 수 있게 함.
—단점: 속도가 줄어듦.

"2레벨 엘리트 지렁이 몬스터입니다. 좀 전에 지렁이 몬스터들 비명을 듣고 쫓아온 것 같아요."

성준의 말처럼 엘리트 몬스터는 1레벨 몬스터들의 비명을 듣고 몬스터들이 있는 자리에 갔다가 모두 몰살당한 것을 확인하고 일행을 쫓아 한걸음에 달려온 것이었다.

성준의 말에 보람과 마리아가 앞으로 나섰다.

"저희가 상대할게요."

러시아에서의 전투 이후 어제의 용사가 다시 뭉쳤다.

마리아가 양손을 앞으로 향해 내밀고 능력을 발휘했다. 그녀의 양손에서 안개가 뿜어져 나와 앞으로 밀려갔다. 그런데 안개 색이 흰색이 아니라 녹색을 띠고 있다.

"마리아 씨, 안개 색이 특이하네요."

재식이 이때다 싶었는지 마리아에게 물었다.

"독 안개예요."

"히익!"

깜짝 놀란 재식이 뒤로 물러서며 바로 무안한 표정을 지었다. 하지만 마리아는 그런 재식은 신경 쓰지 않고 안개 제어에 집중했다.

멀리 통로를 꽉 채우며 지렁이 몬스터가 달려들고 있다.

마리아의 옆으로 보람이 나섰다. 어차피 이 안개에 있는 독은 마비 독이었다. 안개 상태로는 크게 효과가 없었다.

보람은 손을 내밀어 자신의 영기를 안개와 연결해서 안개를 조정하기 시작했다. 안개가 서로 응축하기 시작했다. 이내 통로를 가득 메우던 안개는 수백 개의 물 꼬챙이로 변하더니 다시 얼음 화살로 바뀌었다.

보람은 그 얼음 화살을 쏘아 보냈다.

초록빛을 띤 얼음 화살이 끊임없이 몬스터를 향해 날아갔다. 이런 막힌 지역에서는 마리아의 안개 능력과 보람의 물 이용 냉각 능력은 최고의 효과를 발휘했다.

일행을 향해 밀려오는 엘리트 몬스터는 끊임없이 이어지는 얼음 화살 공격에 전면이 피투성이가 되었다. 하지만 이 정도로는 몬스터를 멈추게 할 수 없었다. 엘리트 몬스터는 신경 쓰지 않고 계속 밀려들어 왔다.

하지만 그녀들의 목표는 몬스터의 피부에 상처를 내는 것이 아니라 얼음 화살에 담겨 있는 마비 독을 몬스터에게 주입하는 것이었다. 결국 얼음 화살에 찔린 후 화살이 녹으면서 마비 독은 엘리트 몬스터의 피부로 스며들었다.

일행을 향해 밀려오던 거대한 지렁이 몬스터는 점점 느려지더니 보람의 몇 미터 앞에서 결국 멈추고 말았다. 마비된 것이다.

보람은 자랑스러운 표정으로 성준을 돌아보았다. 하지만 성준의 손에서 빛나는 검을 보곤 입을 삐죽였다.

성준이 만약을 대비해서 영기 압축을 검에 걸어놓고 있던 것이다. 성준은 보람에게 슬쩍 웃어주고는 영기 압축을 취소했다.

이어 그는 소리쳤다.

"모두 공격!"

일행은 모두 무기를 들고 몬스터를 공격했다. 계속된 공격에 몬스터는 깨어나려고 했으나 마리아와 여고생들의 마비 공격에 일어날 수가 없었다.

결국 몬스터는 쓰러졌다. 잠시 뒤 동굴을 가득 메운 엘리트 몬스터의 사체는 영기로 변했고, 그 영기는 귀환자들에게 빨려들어 갔다. 그리고 성준은 2레벨 구슬 하나를 얻었다.

그 뒤에도 몇 번이나 몬스터들의 공격이 있었다. 전갈 몬스터들의 공격과 전갈 엘리트 몬스터의 공격도 있었다.

하지만 성준이 먼저 그들의 위치를 파악했고, 일행은 높은 레벨과 전투 실력으로 무난하게 몬스터들을 제거하고 앞으로 나갔다.

마지막 엘리트 전갈 몬스터를 제거하고 일행은 한참 동안 동굴을 따라 걸었다. 중간에 식사도 한 번 했다. 일행이 느껴지기로 거의 몇 시간을 걸은 것 같았다.

주디의 어깨에 걸터앉은 수호룡은 꾸벅꾸벅 졸기까지 했다. 더군다나 동굴은 중간에 다른 샛길도 없었다.

일행은 결국 막다른 벽에 도착했다.

"어라? 말도 안 돼. 몇 시간을 걸어왔는데!"

혜라는 눈앞의 벽을 보고 투덜거렸다. 더군다나 중간의 샛길도 없으니 다른 길이 있는 곳까지 걸어갈 생각에 막막했다.

성준은 벽을 살펴보았다. 영기를 확인하니 벽 뒤쪽의 한참 안쪽으로 통로가 보였다. 그리고 위쪽으로 다른 통로가 있는 것이 느껴지는 것으로 보아 지렁이 몬스터가 지나가며 통로를 붕괴시킨 것 같았다.

성준은 흙 이용 능력자를 불렀다.

그 능력자는 브라질에서 온 여성으로 이름은 산드라이며 30대 중반이다. 그녀는 원래 브라질 수도에서 한 고아원을 하고 있었는데, 그만 처음 몬스터홀이 외부 던전으로 될 당시 휘말려 버려 그녀와 고아원 아이들 모두가 넘버 피플이 되고 말았다.

그 뒤로 그녀는 고아원 아이들과 더불어 지독한 생존 투쟁을 해왔다. 하지만 결국 아이 중 태반이 죽었고 나머지 아이들도 내일을 기약할 수 없게 되었다.

브라질은 경제 자체가 휘청하는 바람에 넘버 피플은 몬스터홀 안에서의 죽음보다 생계가 더 문제였다.

그 와중에 그녀는 한국 귀환자 조합의 조합원 모집 소식을 듣고 사방에서 돈을 빌려 아이들의 목숨과 바꾼 구슬을 들고 한국으로 오게 된 것이다.

비행기에서 구슬을 먹어 2레벨이 되었고, 다행히 귀환자 조합에 가입하게 된 그녀는 받은 돈 전부를 고아원에 송금하고 있었다. 그녀가 송금을 시작하자 넘버 피플이 된 아이들이 모여들어 고아원 아이들 숫자가 더 늘었다.

그리고 그녀는 이번에 지원자를 모집할 때 성준을 찾아가 담판을 지었다. 자신이 참여할 테니 고아원 아이들을 뉴욕 영기 지역으로 보내달라는 조건이었다.

성준은 조건 없이 미국과 이야기해 아이들을 모두 뉴욕으로 보냈지만 그녀는 조건이었다며 결국 팀에 합류했다.

"산드라 씨, 부탁해요. 정면으로 계속 뚫으면 돼요."

성준의 말에 그녀는 눈앞의 벽에 손을 올렸다. 그리고 능력을 사용했다.

눈앞의 벽이 무너져 내리기 시작했다. 그리고 잠시 뒤 무너진 동굴은 다시 연결되었다.

그렇게 몇 번이나 눈앞의 벽을 뚫고 일행은 던전의 중심을 향해 전진했다.

제4장
관문 Ⅱ

MONSTER
HOLE

일행은 그렇게 끊어진 동굴을 이어가며 전진하다 커다란
공터를 만났다. 이미 흙 능력자 산드라는 지쳐 버린 상황이
다. 예상외로 막힌 벽이 많아 그녀가 능력을 발휘해야 할 상
황이 많았다.

공터는 엄청난 크기였는데 마치 축구장 몇 개를 합쳐 놓은
것 같았다. 그리고 일행이 들어온 반대편에 거대한 몬스터가
보였다.

전갈처럼 생긴 몬스터이다. 그 옆으로 중앙의 몬스터보다
는 작지만 커다란 전갈 몬스터 두 마리가 보였다.

성준이 확인해 보니 중앙은 3레벨 엘리트 몬스터이고 좌우에 있는 몬스터는 2레벨 엘리트 몬스터였다.

성준은 뒤로 빠지고 수리에게 지휘를 부탁했다. 자신은 문제가 생기면 도울 생각이다. 성준은 2레벨 몬스터 한 마리를 잡아 일행의 일거리를 줄여주고 그들의 전투를 지켜보았다.

2레벨 전갈 몬스터 한 마리는 주디의 수호룡이 나서서 상대했다. 이 지하의 천장이 높지 않아 수호룡은 불편해했지만 3레벨과 2레벨 몬스터의 전투였다. 수호룡 몬스터는 어렵지 않게 전갈 몬스터를 상대했다.

그리고 3레벨 몬스터는 일행이 나서서 상대했는데 성준이 몬스터의 능력과 약점을 알려주지 않았는데도 모두 잘 싸우고 있다.

특히 수리가 팀 전체의 진형을 조율하고 위험할 때는 자신이 나서서 해결했다. 역시 그동안은 정 교관의 눈치를 보느라 안 나선 것이었다.

3레벨 몬스터의 독침 공격과 독 안개 공격으로 위험할 때도 있었지만, 독침 공격은 호영이 나무에 침을 박히게 해서 막아내고 독 안개마저도 호영이 불태워 버렸다.

호영은 물 만난 물고기처럼 날뛰었다.

하지만 몬스터의 껍질 강화 능력 탓에 일행은 껍질을 깨느라 엄청나게 시간을 잡아먹었다. 결국 그나마 덜 단단한 배

쪽을 모든 귀환자가 집중적으로 공격해서 결국 한 시간 만에 3레벨 몬스터를 잡는 데 성공했다.

몬스터를 잡고 다들 지쳐서 쓰러져 가쁜 숨을 몰아쉬다 성준과 수호룡을 바라본 귀환자들의 이마에 핏줄이 솟아올랐다.

성준과 수호룡이 한쪽에 앉아 전투 중인 자신들의 모습을 한가롭게 바라보고 있었던 것이다.

그리고 그날은 그 공터에서 잠자리에 들었다. 다행히 이곳도 바닥이 단단해 지렁이 몬스터들에 대해 걱정할 필요가 없을 것 같았다.

모두 편안한 잠자리에 들었지만 성준은 모두에게 잘못 보였는지 한밤중 불침번에 걸리고 말았다.

3레벨 지렁이 엘리트 몬스터가 일행을 덮친 것은 그 다음날 점심때쯤이다.

일행은 아침 식사를 하고 다시 던전의 중심을 향해 출발했다.

어제와 같이 무너진 통로를 산드라가 잇는 방식으로 계속 전진해 나갔다. 결국 산드라가 지쳐 버려 성준이 일행이 쉴 곳을 찾고 있을 때였다.

성준의 감각에 무서운 속도로 접근해 오는 물체가 잡혔다.

성준은 깜짝 놀라 모두에게 소리쳤다.

"모두 뛰어요! 위쪽에서 엄청나게 큰 놈이 빠른 속도로 오고 있습니다!"

성준의 말에 모두 앞으로 뛰었고 성준도 같이 달렸다. 그렇지만 한 명이 그만 바닥에 구르고 말았다. 산드라였다. 그동안 너무 지쳐 발을 헛디딘 것이다.

일행 중에 성준만이 감각으로 상황을 알아차렸고, 바로 산드라를 향해 몸을 던졌다.

그리고 성준과 산드라는 3레벨 엘리트 몬스터의 거대한 입속에 먹혀 버리고 말았다.

콰콰콰콰!

일행 모두는 눈앞에서 거대한 구멍을 만들며 지나가는 3레벨 엘리트 몬스터의 모습에 넋이 나가고 말았다. 마치 눈앞에서 거대한 건물이 가라앉는 듯한 느낌이다.

"꺅! 조합장님!"

엘리트 몬스터가 지나가고 제일 먼저 보람이 비명을 지르며 엘리트 몬스터가 지나간 구멍으로 달려갔다. 그리고 위험천만하게 구멍 아래를 보았고, 그 모습에 놀란 하은이 그녀를 붙잡았다.

"괜찮아요. 오빠는 무사해요."

보람은 눈물이 글썽한 얼굴로 하은을 돌아보았다.

"우리 가디언들이 이상 없잖아요. 너무 걱정하지 마요."

그런 보람의 옆으로 수리가 지나갔다. 그리고 그녀는 호영에게 소리쳤다.

"호영 씨, 일행을 부탁합니다!"

수리는 호영에게 일행을 부탁하고 구멍 안으로 뛰어들었다.

성준은 산드라를 잡는 순간 몬스터가 자신들을 삼키는 것을 느꼈다. 자신 혼자라면 피할 수 있었지만 그럴 수 없었다. 성준은 감각을 최대로 올린 상태로 산드라를 잡아채고 허공을 박찼다.

성준은 지렁이 몬스터가 어떻게 돌을 뚫고 움직이는지는 알 수 없었다. 하지만 적어도 입속으로 돌무더기가 쏟아져 들어올 것은 분명했다. 성준은 직선으로 이어진 몬스터의 내부에서 위쪽으로 솟구쳐 올랐다.

성준의 예상대로 뒤에서 돌이 밀려들어 왔다. 성준의 감각에 앞쪽에서 이상한 기운이 느껴졌다. 정보 분석으로는 물체를 영기로 만드는 기관인 듯했다.

성준은 마음이 급해졌다. 저 앞에서 돌을 영기로 만들어 배출하는 모양이다. 자신들도 저기로 빨려들면 영기화될 것이 분명했다.

성준은 이를 악물고 검을 들어 내부 기관의 벽을 검으로 찌르고 매달렸다. 그리고 검에 영기를 들이부었다.

바로 성준에게 돌이 밀려왔지만 돌은 성준과 산드라를 피해 지나갔다.

산드라가 정신을 차리고 능력으로 흙과 돌의 방향을 바꾸고 있었다. 산드라의 얼굴에서 땀이 비 오듯 흘렀다.

다행히 산드라의 영기가 떨어지기 전에 성준의 영기 압축이 끝났다.

쾅!

엘리트 몬스터의 거대한 몸체의 옆구리가 터져 나갔다. 성준은 앞뒤 안 가리고 산드라를 잡고 그 구멍으로 뛰쳐나갔다.

그런데 다행하게도 그들이 뛰쳐나간 밖이 허공이었다. 성준은 급하게 허공을 밟아 속도를 줄였다. 그의 옆으로 몬스터가 비명을 지르며 밑으로 떨어졌다.

풍덩!

몬스터는 엄청난 해일을 일으키며 커다란 웅덩이에 떨어졌다. 성준은 천천히 아래로 내려가며 밑을 보았다.

아래에는 커다란 웅덩이가 있고 잘못 떨어졌는지 엘리트 몬스터가 피를 철철 흘리면서 물속에서 괴로워하고 있다.

성준의 눈에 핏물 사이로 움직이는 작은 물체가 보였다. 영기 물고기였다.

성준은 주변을 살펴보았다. 이곳은 중앙에 커다란 웅덩이가 있는 광장이었다. 위를 보니 정확히 가운데에 몬스터가 구멍을 만들었다. 물고기들을 먹으려고 위쪽에서 떨어진 모양이다.

성준은 줄 없이 번지점프를 한 지렁이 몬스터를 한심하게 바라보며 웅덩이 옆에 착지했다.

성준이 산드라를 옆에 내려놓고 난리를 치는 지렁이 몬스터를 바라보고 있을 때 그를 부르는 목소리가 들려왔다.

"주인님!"

수리였다. 성준은 위를 올려다보았다. 수리가 구멍에서 빠져나와 성준을 향해 내려왔다.

"여어~"

성준은 멋없게 인사를 했고, 수리는 그대로 성준에게 몸을 던졌다. 수리는 성준을 안더니 바로 몸 이곳저곳을 확인했다.

"괜찮아. 이상 없어."

성준의 말에 수리는 안심했고, 그녀는 산드라의 무사함도 확인한 후 눈앞의 몬스터를 바라보았다.

"저 몬스터는 좀 이상해 보이는데요?"

그녀의 말에 성준이 대답했다.

"옆구리에 구멍이 뚫리고 몇백 미터 높이에서 수평 다이빙을 한 결과지. 정말 아플 거야."

한숨 돌린 성준은 검을 꺼내 들었다.

"지렁이 낚시 좀 하자."

성준은 검을 들고 괴로워하는 엘리트 몬스터를 향해 걸어 갔다. 그 뒤를 수리가 따라 걸었다.

그리고 그들은 엘리트 몬스터를 죽이고 많은 양의 영기회 복석을 구할 수 있었다.

일행은 3일째에 결국 던전 중앙에 도착할 수 있었다.

3레벨 엘리트 몬스터와의 전투는 그 두 번의 전투 이외에 는 없었고 1, 2레벨의 일반 몬스터만이 다량으로 나타났다.

일행은 이 모든 몬스터들을 처치하고 결국 중앙의 커다란 광장에 도착했다.

광장은 바닥을 제외한 사방에 수많은 구멍이 뚫려 있는 반 원형의 공간이었다. 특히 큰 구멍 하나가 그들이 온 반대편에 나 있었다. 중앙에는 하나의 기둥이 서 있고 그 아래에 빛나 는 문양이 있다.

어디서 많이 보던 구조이다.

"이거 우리가 처음 들어간 던전의 귀환 지점처럼 생겼는 데?"

성준의 말에 그때 같이 있던 귀환자들이 고개를 끄덕였다.

"그럼 설마 저 구멍들에서 개미 떼가 쏟아지는 것은 아니겠죠?"

다희가 질린 표정으로 주위를 둘러보았다. 여성들은 그때의 일을 꿈속에서도 볼 정도로 강렬한 기억이 남은 상태였다.

"확인해 보면 알겠지."

성준은 중심의 기둥으로 걸어가 기둥에 쓰여 있는 글을 읽어보았다.

처음 와봄. 이 글이 그대로면 난 실패한 것임.

위에 실패했나 보네! 그럼 나도! 이 글 그대로면 나도 실패!

쩝, 진입하고 좀 있으면 몬스터들 난입. 10분 후 선택 가능. 여왕개미 죽이면 보스 존, 죽이지 않으면 집에 돌아감. 이렇게 쓰는 것 맞나?

내용이 슬프게 느껴졌다. 하지만 역시 마지막 글을 남긴 사람은 이곳도 지나간 모양이다. 성준은 정신을 차리고 일행에게 소리쳤다.

"곧 몬스터들이 난입합니다! 모두 경계! 10분만 버티면 됩니다!"

일행은 급하게 성준의 주위로 모여들었다. 그리고 귀환 기둥을 중심으로 원을 만들어 사방을 경계했다. 성준은 옛날의 장면을 다시 보는 듯한 느낌이 들었다. 처음 던전에서 이렇게 몬스터들을 상대했다. 그리고 많은 사람이 죽었다.

하지만 사람들이 달라졌다. 같은 사람도 있지만 그 능력이
완전히 달라진 상황이다.

기억을 떨쳐 버리던 성준은 감각에 영기가 몰려오는 것이
느껴졌다.

"옵니다!"

구멍을 통해 개미 몬스터들이 쏟아졌다. 사람보다 몇 배나
커다란 개미 몬스터들은 구멍에서 나오자마자 일행을 포위했
다.

붕~

천장의 구멍에서 나온 것은 날개가 달린 개미 몬스터였다.
엄청난 양의 비행형 개미 몬스터들이 일행 주위를 에워싸고
달려들려고 하고 있다.

순식간에 일행 주변이 몬스터로 덮였다.

하지만 일행의 능력도 만만치 않았다. 일행의 위로 커다란
방패 능력이 생성되어 모든 공격을 차단했다. 그리고 일행 주
변으로 원형으로 구덩이가 파이기 시작했다. 산드라의 능력
이다.

구덩이 안쪽으로 가시나무들이 자라나기 시작했고, 일행
의 위로 녹색의 안개가 퍼져 나갔다.

성준은 한쪽에 나 있는 커다란 구멍을 노려보았다. 커다란

영기가 그쪽에서 다가오고 있었다.

"수리, 이곳을 부탁해."

성준은 수리에게 그렇게 말하고 동굴을 향해 쏘아갔다.

그리고 전투가 시작되었다.

개미 몬스터들의 공격은 대단했다. 인해전술이란 말이 무엇인지 똑똑히 보여주는 전투였다. 일행은 죽여도 죽여도 구멍에서 쏟아지는 몬스터의 모습에 다들 질린 표정이다.

하지만 몬스터도 말을 할 수 있다면 같은 이야기를 했을 것이다.

하늘을 나는 개미 몬스터들은 보람이 얼려 버린 독 안개의 공격에 상당한 숫자가 격추되고 말았다. 치명상은 아니었지만 잠시나마 굳은 몸은 곧바로 일행의 공격에 부서지고 말았다.

그 공격을 피한 비행 개미 몬스터들도 주디의 수호룡 공격에 추풍낙엽처럼 떨어지고 말았다. 광역을 쓸어버리는 바람 칼날 공격에 당해낼 재간이 없는 것이다.

지상의 개미 몬스터들은 방금 만든 해자를 넘을 방법이 없었다. 해자에는 어느 사이에 보람이 채워 넣은 물이 출렁거리고 있었다. 일행의 공격을 피한 많은 개미 몬스터가 자신들의 몸을 이어 다리를 만들어 해자의 물을 건너려고 했으나 하은의 전기 공격에 모두 물에 빠지고 말았다. 그 몬스터들은 다시는 물에서 나오지 못했다.

그리고 가끔 보이는 엘리트 몬스터들의 장거리 공격은 재식의 방어에 모두 막히고 말았다.

부우우우~

결국 시간이 흘러 10분이 지났고, 이상한 소리와 함께 기둥에서 빛이 났다. 그러자 개미들은 모두 돌아가기 시작했다.

일행은 성준이 들어간 큰 구멍을 바라보았다. 전투가 시작할 때 성준이 들어가서 아직 나오지 않고 있었다.

쾅!

때맞추어 구멍에서 큰 소리가 났다. 그리고 성준이 밖으로 튕겨 나왔다.

"젠장!"

성준은 입에서 피를 뱉어내며 한소리 했다.

"졌으면 곱게 돌아갈 것이지 끝까지 난리를 피우네."

툴툴거리며 일어나는 성준의 손에는 거대한 더듬이 한 쌍이 들려 있다. 성준이 싸우다 뽑아버린 것이다.

몬스터는 성준에게 지고 성준이 놓아주자 곱게 돌아가다 자신의 더듬이를 보고 성질이 나서 성준에게 한 방 날린 것이다.

성준은 더듬이를 던져 버리고 일행을 향해 걸어갔다. 일행은 모두 환한 얼굴로 성준을 맞이했다.

성준은 일행을 둘러보았다. 모두 무사했다. 그리고 이곳에 들어온 보람이 있게 100을 채운 사람도 보였다.

"돌아갑시다."

잠시 뒤 일행은 던전에서 사라졌다.

*   *   *

서울로 돌아가는 버스는 잠들어 있는 귀환자들을 태우고 밤의 고속도로를 질주하고 있었다. 3일 이상을 몬스터홀에서 보내고 마지막에 극심한 전투까지 치른 일행은 몇 사람을 제외하고는 모두 곯아떨어져 있었다.

성준도 조금 피곤해서 반쯤 졸고 있었다. 그런 그의 귀로 하은과 수리의 이야기가 들려왔다.

"그럼 이번 던전에 글을 남긴 사람들은 마지막 글을 쓴 사람 빼고는 모두 보스 존에서 죽은 걸까요?"

하은이 수리에게 귀환 기둥에 적혀 있는 이야기에 대해 물어보고 있었다. 그녀는 계속해서 그 내용이 궁금했던 모양이다.

"아마도 그럴걸?"

하은은 수리의 대답에 의아해하는 목소리로 물었다.

"그런데 보스 몬스터를 죽이면 몬스터홀이 파괴돼서 다시는 그 던전에 못 들어가잖아요. 그럼 보스를 죽여도 글을 못 남기는 것 아니에요?"

그녀의 말에 수리가 대답했다.

"나도 처음에는 그렇게 생각했어. 그런데 우리 별에서 초기에 귀환 기둥에 남긴 글이 나중에 발생한 몬스터홀 내부 던전의 귀환 기둥에도 그대로 적혀 있더라고. 사람들 말로는 던전은 사라지지 않고 단지 초기화돼서 다시 등장하는 거래. 그래서 처음 글귀를 뭉개 버리고 새로 귀환 존 공략법 등을 적어놓았지. 처음 던전과 던전 형태는 똑같고 보스 몬스터만 바뀌어 있더라."

"맙소사, 그럼 기껏 몬스터홀을 제거해도 의미가 없잖아요?"

"그래, 시간만 조금 벌 뿐이야. 그래서 우리 별이 멸망한 거야. 그걸 막으려고 숲지기의 종족은 우리 별의 중심이 되는 몬스터홀을 찾아다녔던 거고, 주인님은 괴물들의 별로 가려는 거야. 이대로 있는 것은 그냥 멸망으로 달려가는 것뿐이야."

수리의 말이 맞았다. 성준이 악마 몬스터에게 얻은 정보에도 그런 내용이 들어 있었다.

보스 몬스터가 죽어도 던전 자체는 초기 세팅으로 유지되고 있었다. 던전을 없애고 싶으면 던전을 만든 악마 몬스터를 없애 버려야 했다.

아니면 지구와 연결의 기점이 되는 몬스터홀에 들어가서 연결점을 끊어놓아야 지구의 몬스터홀이 가동을 멈출 것이다.

성준은 그런 생각을 하다가 잠이 들고 말았다.

서울에 도착하자 날이 밝아오고 있었다.

버스가 속칭으로 용의 성, 드래곤 캐슬로 불리는 귀환자 조합 건물에 도착했다.

이미 신문과 인터넷에서는 이 건물과 귀환자 조합을 부를 때 귀환자 조합이라는 이름보다 드래곤 캐슬로 부를 때가 더 많았다.

이름이 멋지다고 조합의 귀환자들 사이에서도 이렇게 부르는 사람이 꽤 있었다.

성준은 버스가 멈추자 자리에서 일어나 일행을 향해 말했다.

"모두 수고하셨습니다. 오늘부터 3일간 휴가를 드리겠습니다. 충분히 쉬고 돌아오시면 됩니다. 그리고 우리가 휴가 뒤에 갈 곳은 미국 뉴욕입니다."

버스 안은 성준의 말에 긴장이 흘렀다. 잠시의 휴식 후에 이들은 다른 세계로 출발해야 하는 것이다.

그래도 휴가를 받은 것에 모두 기뻐했다. 일행은 모두 어디로 갈지 서로 간에 즐겁게 이야기를 나누었다.

"난 요트를 살 거야! 흐흐, 하와이의 집과 멋진 미니카, 그리고 이제는 요트까지! 나의 럭셔리 라이프의 완성이다!"

헤라는 두 손을 허리에 얹고 남자처럼 웃었다. 다희가 지나가며 한마디 했다.

"같이 즐길 남자가 없잖아. 요트는 혼자 탈 거니?"

"윽! 이번 휴가 때 하나 꼬시면 돼!"

다희가 그 자리에 멈추어서 헤라의 눈꼬리를 바라봤다.

"하늘에 닿아 있는 네 눈으로? 아서라."

"이익! 정 없으면 정 교관이라도 꼬셔야지."

"정 교관도 눈 높아."

"흥! 나만큼 젊고 예쁘고 돈 많고 죽기 쉬운 여자 있으면 나와 보라고 해! 어딘가에 나이 많고 임자 있는 여자보다는 좋지, 뭐."

말 중에는 묘하게 이상한 이야기도 있고 누구를 헐뜯는 이야기도 있었다. 다희는 헤라의 말에 혀를 찼다. 다행히 다른 사람들은 못 들은 모양이다.

"어이구, 이 화상. 빨리 가자."

다희는 헤라를 질질 끌고 자리를 떠났다.

그리고 한쪽에서는 재식이 마리아에게 데이트를 신청하고

있었다.

투박한 그의 말은 귀환자의 자동 번역에도 멋없게 느껴졌지만, 마리아는 한참 동안 재식을 바라보다 승낙했고, 재식은 하늘을 향해 고함을 질렀다.

"어머니 좀 잠깐 뵙고 올게요."

보람이 헤어지는 사람들을 바라보고 있는 성준에게 말했다.

"좀 쉬고 와도 돼. 다른 사람 쉴 때도 일했잖아."

성준의 말에 보람은 고개를 흔들었다.

"바쁜 거 뻔히 아는데 그럴 수 없죠. 조합장님도 거의 못 쉬잖아요."

성준은 할 말이 없었다. 자신도 하루 정도 집에 갔다가 올 시간밖에는 없을 것 같았다.

그렇게 말하고 보람도 그 자리를 떠났다.

성준은 사람들을 바라보는 하은에게 말했다.

"하은이 너도 집에 가봐야지. 오래 못 들어갔잖아."

"괜찮아요. 다들 오빠하고 있는데 저만 갈 수야 없죠."

하은이 당차게 말했다가 성준에게 꿀밤을 맞았다.

"아야!"

성준은 엄한 표정으로 하은에게 말했다.

"넌 부모님과 가족이 있잖아! 애먼 생각 말고 집에 갔다 와!"

하은은 성준의 말에 잠시 갈등하다가 기쁜 표정으로 말했다.

"네, 그럼 다녀올게요."

그리고 하은은 그녀의 친구들을 향해 뛰어갔다.

"벌써 가족에게서 정을 떼려고 그러네."

"착해서 그래요. 나중에 사정을 알고 가족이 걱정할까 봐서 그러는 거죠."

수리가 하은이 하는 행동을 변명했다.

"그런 건 50년 뒤에 해도 돼!"

성준은 달려가는 하은을 바라보며 강하게 말했다.

성준도 자신의 가디언들과 함께 집으로 향했다. 수리는 전에 가본 적이 있어서 침착했지만 주디는 불안한지 차의 뒷좌석에서 이리저리 꼼지락댔다. 그 탓에 어깨의 수호룡은 날개를 푸드덕거렸다.

차는 성준의 집에 금방 도착했고, 성준과 그의 가디언들이 들어서자 가족의 환영을 받았지만 그 환영은 주디의 등장으로 인해 바로 중지되었다.

성준은 가디언들과 함께 바로 안방으로 끌려들어 갔고, 그는 부모님과 여동생의 분노 어린 시선을 받아야 했다.

그 이유는 물론 주디에게 있었다.

주디의 아름다운 은발과 가냘픈 모습은 마치 오랜 전설 속의 요정처럼 보였지만 어떻게 보아도 성인의 모습은 절대로 아니었다.

부모님과 동생의 입장에서는 분노하는 것이 당연했다. 데리고 온 여성들이 모두 성준을 좋아하니 어쩌니 했으니 그를 색안경을 끼고 볼 수밖에 없었다.

결국 성준을 노려보던 부모님의 얼굴이 화가 나서 점점 붉어지자 성준은 극단적인 방법을 사용할 수밖에 없었다.

"주디야, 넌 날 포함해서 조합 사람 중 누가 제일 좋아?"

성준의 질문에 주디는 바로 대답할 수 있었다.

"정 교관님이 제일 좋아요!"

성준은 정 교관에게 마음속으로 사과했다. 다행히 주디의 말 이후로 부모님의 오해(?)는 풀렸고, 주디는 가족과 같이 편안히 지낼 수 있게 되었다.

그리고 그날 이후로 정 교관은 성준의 가족들 사이에서 천하의 몹쓸 놈이 되어버렸다.

보람은 조용히 자신의 눈앞에 누워 있는 여성을 바라보았다. 자신의 어머니다. 벌써 몇 년째 이렇게 누워만 있다. 어머니 혼자 힘으로 자신을 키우다 이렇게 쓰러진 후 자신도 지옥 같은 학창 시절을 보내고 사회생활을 했다.

보람은 이제 겨우 행복한 시간을 맞게 되었다.

겨우 몇 개월 되지 않았지만 그녀는 아침마다 눈을 떠서 자신의 오피스텔을 확인하는 습관을 갖게 되었다. 혹시나 꿈이 아닐까 하는 생각에서였다.

가끔 던전 안에서 너무 힘들 때도 있고 좋아하는 사람에게 마음을 표현 못 해서 안타까울 때도 있지만, 자신의 힘으로 꿈을 이루어가는 지금 이 순간에 너무나 감사했다.

"엄마, 항상 이곳에 올 때마다 하는 말이지만 다음엔 못 올지도 몰라. 하지만 전하고는 달라. 지금 난 행복하고 더 행복하려고 살고 있어. 그러니까 엄마도 빨리 나아서 내 행복한 모습을 봐줘."

그 말을 끝으로 보람은 꼭 잡고 있던 어머니의 손을 침대에 내려놓았다. 그리고 일어나서 마지막으로 잠들어 있는 듯한 어머니의 야윈 얼굴을 바라보았다.

"그리고 지금 하고 있는 큰일이 끝나면 한 가지 더 도전하고 싶은 일이 있어. 경쟁자도 많고 상당히 뒤처진 것 같지만 나름 유리한 점도 있으니 최선을 다할 거야. 응원해 줘."

보람은 작게 어머니에게 속삭이고 병실을 나왔다. 멀어져 가는 보람의 발소리가 강하게 복도를 울렸다.

*　　　*　　　*

성준은 다음 날 가디언들과 함께 집을 나와 사무실로 출근했다. 그새 친해진 주디와 여동생 지연은 뒷자리에서 수다를 떨고 있다.

안쓰럽게도 주디의 수호룡은 지연의 품에 안겨 애완동물 노릇을 하고 있었다. 오늘도 지연은 성준의 차를 얻어 타고 출근하는 중이다.

성준은 한가로운 기분으로 여의도로 향하다가 주위의 모습을 보고 표정이 굳어졌다. 출근 시간인데도 자동차가 그리 많이 보이지가 않았다. 마치 한적한 새벽의 시간 같았다.

"다른 차들이 너무 안 보인다."

성준의 말에 지연이 지금 알았느냐며 한소리 했다.

"얼마 전부터 엄청나게 부도나고 있잖아. 집에서 쉬는 사람이 엄청나게 늘었어. 정부에서 몬스터홀 기금 명목으로 거의 월급에 가까운 실업급여를 주고 있으니 조용하지 실업급여 떨어지면 폭동이 일어날걸?"

성준은 지연의 말에 고개를 끄덕였다. 성준이 생각해도 이 정도로 경기가 버텨준 것만 해도 대단한 일이었다.

"그래도 뭐 다른 나라보다는 나아. 내란이 일어나고 무정부 상태가 된 나라도 엄청나게 많다는데."

하지만 이런 상황도 몇 주 있으면 끝이다. 만약 자신들이 그 별로 가서 침공을 막아낸다면 어려워도 다시 일어날 수 있을 것이고, 실패하면 경제 자체가 의미 없어질 것이다.

동생을 방송국에 내려주고 성준은 수리, 주디와 함께 사무실로 향했다. 그곳에는 벌써 보람과 조 실장이 출근해서 성준을 기다리고 있었다.

"늦었습니다."

성준이 들어서면서 인사하자 사무실에 있던 많은 일반직 조합 직원들이 성준을 향해 인사를 했다.

이제 일반직 조합 직원도 200명이 훨씬 넘은 상태이다. 덕분에 조 실장과 보람은 정장을 입고 있으면 중견 간부처럼 보였다.

성준은 직원들의 인사를 받아주고는 보람, 조 실장과 함께 조합장실로 들어갔다.

조합 직원들은 성준이 지나가자 성준 뒤를 따라가는 주디와 그녀의 어깨에 앉아 있는 수호룡을 보고 수군거렸다.

얼마 전 방송과 인터넷을 보고 수호룡의 정체를 아는 까닭이다.

조합장실에 들어온 성준은 방 가운데 있는 TV를 켰다. 오늘 아침부터 이들이 조합장실에 모인 것은 한 방송을 보기 위해서였다.

일행이 앉아 기다리자 TV에서 특보라는 자막과 함께 미국 대통령이 나왔다. 화면에 보이는 곳은 미 백악관 기자실인 것 같았다. 화면 아래로 많은 기자가 보이고 있다.

대통령은 기자들에게 손을 들어 보이고 이야기를 시작했다.

"오늘 제가 이 자리에 선 것은 어제부로 안보리 상임이사국 전체가 서약하고 다른 주요 국가에 구두 협력을 약속받은 국제귀환자연맹에 대해 발표하기 위해서입니다."

대통령의 이야기에 기자들이 일제히 플래시를 터뜨렸다. 대통령의 이야기는 대단한 특종이었다. 하지만 알맹이 없는 협의 기구에 대해 많이 봐온 일부 기자들은 신중한 표정이다.

"가입한 모든 국가는 가지고 있는 귀환자를 모두 공유하고 비상시에 연맹 의장이 모든 귀환자의 지휘권을 가지게 될 겁니다."

하지만 이 말에 기자들은 모두 놀랐다. 이런 정도의 구속이면 UN보다 더 강력한 연맹이 될 수도 있었다. 아무리 위기 상황이라도 국가들이 현재 가장 중요한 자원인 귀환자를 공유할 줄은 생각도 못했다.

앞자리에 앉은 한 기자가 바로 손을 들었다. 대통령이 그에게 질문할 기회를 주었다.

"비상시라는 것은 어느 때를 이야기하는 것인가요?"

대통령은 그의 말에 대답했다.

"귀환자가 필요한 모든 순간입니다. 외부 던전이 발생했을 때, 몬스터홀을 연장하거나 제거할 때 말입니다."

기자들은 다시 놀랐다. 그럼 몬스터홀이 없어지기 전에는 의장이 엄청난 권한을 가지게 되는 것이다.

다른 기자가 번쩍 손을 들었다. 그를 대통령이 지적하자,

"그럼 의장은 언제, 어떻게 뽑는 겁니까?"

기자의 질문에 대통령은 대답했다.

"의장은 이미 국제귀환자연맹에 가입한 모든 나라의 수장이 공동으로 추대한 사람으로 결정되었습니다."

대통령은 잠시 말을 멈추었다가 다시 말했다.

"그는 한국의 귀환자 조합의 조합장입니다. 그가 국제귀환자연맹의 초대 의장입니다."

*　　　　*　　　　*

미국 대통령의 발표 이후 성준과 귀환자 조합은 정신없는 시간을 보냈다.

성준에게 별의별 전화가 다 걸려왔다.

각계각층의 축하 전화, 청탁 전화, 수십 년 전 초등학교 친

구의 안부 전화, 광고 전화까지. 계속되는 전화에 성준은 전화기 배터리를 아예 빼버렸다.

전화기가 잠잠해지자 그제야 성준은 일에 집중할 수 있었다.

성준과 조 실장은 성준이 얼마 전에 유엔 안보리 상임이사국의 수장들과 화상회의를 한 이후 국제적인 연맹이 만들어질 것이라는 이야기와 한국 귀환자 협회가 많은 일을 하게 될 것이라는 이야기를 들었다.

그래서 그들은 이야기를 들은 후 발생할 일을 대비하기 위해 홈페이지 강화, 인력 확충 등의 많은 준비를 했다.

하지만 성준이 국제귀환자연맹의 회장이 되자 생각했던 것보다 엄청나게 많은 일이 밀어닥쳤다.

일감에 둘러싸이게 된 조 실장은 다시 퇴직을 노래 부르기 시작했고, 결국 성준은 조 실장의 집에 조 실장의 아내와 아이들이 좋아하는 선물을 듬뿍 보낼 수밖에 없었다.

그래도 그동안 준비해 온 일들이 헛되지 않아 큰 문제없이 연맹의 체계가 갖춰지기 시작했다.

우선 드래곤 캐슬 귀환자 조합 건물의 비어 있는 층에 각국의 연락관이 들어오기 시작했다. 그리고 각국의 2레벨 귀환자가 연락관과 함께 한국으로 입국했다.

홈페이지와 거래 사이트도 개편되었다. 그동안 귀환자들

의 대화나 거래, 그리고 각종 던전과 몬스터의 정보를 주던 한국의 귀환자 조합의 홈페이지에서 이제는 국제귀환자연맹의 홈페이지로 바뀌게 되었다.

그리고 연맹의 가입국들로부터 막대한 자금이 쏟아져 들어오기 시작했다.

국가 단위의 자금이 움직이니 그동안의 돈 단위가 우스울 지경이었다. 덕분에 귀환자 조합은 이 모든 일을 자금 걱정 없이 해나갈 수 있었다.

하지만 성준은 국제귀환자연맹 본부는 미국 뉴욕에 있는 건물로 하기로 했다. 그곳은 넘버 피블의 오아시스이자 무한 에너지의 산실이기에 훨씬 의미가 있다는 이유였다.

다들 성준의 결정에 큰 양보라고 칭찬이 자자했지만, 성준은 자신의 오피스텔 밑으로 사람이 많이 살게 되자 짜증나서 결정한 것이었다.

그렇지만 아직 그쪽은 발전소도 완공되지 않았고 성준이 미국에서 받은 건물만 덩그러니 있는 관계로 발전소와 건물 개장이 마무리되기까지 이곳 드래곤 캐슬이 모든 일을 감당하게 되었다.

성준의 짜증은 계속되었다.

베르거 교수가 문양의 수리를 위해 먼저 뉴욕으로 전용기를 타고 출발했다. 그 호위 겸 2레벨 귀환자들이 몇 명 동행했다.

"지금 예상으로는 문양의 망가진 부분을 다 고치려면 3일 정도 걸릴 것 같네. 최대한 빨리 고치도록 할 테니 걱정하지 말게."

베르거 교수는 4레벨 몬스터홀의 그 복잡한 양쪽의 문양을 모두 암기하고 분석도 마친 상태였다. 더군다나 망가진 뉴욕의 문양도 암기하는 것을 보고 성준은 역시 세계적인 과학자는 다르다고 생각했다.

"저희는 교수님만 믿고 있겠습니다. 부탁하겠습니다."

성준은 미국을 향해 떠나는 교수를 향해 머리를 숙였다.

휴가가 끝나자 악마별로 탐사를 떠나는 귀환자들이 모두 사무실로 복귀했다.

이곳에 남게 된 귀환자들도 정 교관의 지휘를 받아 다시 한 번 2레벨 몬스터홀을 다녀온 상황이다.

악마별로 탐사를 떠나는 귀환자나 이곳에 남게 된 귀환자 모두 서로 반갑게 인사를 나누었다.

이곳에 남게 된 귀환자들은 떠나는 귀환자들에게 조금 미안한 눈치였지만 성준이 남는 사람들도 중요하다고 강하게 이야기해서 그나마 미안함을 던 모양이다.

주디는 정 교관에게 쪼르르 달려갔고, 정 교관은 주위의 눈치에 난처해했다. 주디가 정 교관에게 들러붙을수록 주위의 시선은 더욱 안 좋아졌다.

성준은 모두에게 수고했다고 인사한 후 자신들의 볼일을 보게 했다. 그리고 성준은 두 사람을 회의실로 따로 불렀다. 이번에 성장치가 100이 된 사람들이다.

우선 2레벨에서 성장치 100을 달성한 산드라이다. 그동안 전투 전에 해자를 만들고 그 속에 빠진 몬스터들을 죽여 얻은 영기로 빠른 성장을 한 까닭이다.

그리고 3레벨에서는 보람이 성장치 100을 채웠다. 그동안 얼음 화살로 광역 공격을 해 많은 성장치를 얻었기 때문이다.

마지막으로 자신의 검이 있다. 성준은 자신의 검을 보고 한숨을 내쉬었다.

아쉽게도 정 교관은 4레벨 던전에 같이 들어가지 못해 90대에서 멈추었고, 하은은 산드라와 마찬가지로 전기 공격으로 폭발적인 성장을 했지만 너무 늦게 3레벨이 되어서 80대에 머물러 있다.

그리고 다른 3레벨 사람들은 70대부터 그 아래 성장치로 분포되어 있다. 2레벨 사람들은 그보다 훨씬 아래에 위치해서 성준은 구슬을 이용한 강제 강화를 보류했다. 아직 레벨업을 위한 3레벨 구슬과 2레벨 구슬이 부족했다.

성준은 산드라에게 가지고 있는 2레벨 구슬을 보여 주었다. 그중에 산드라는 무게 강화 구슬을 선택했다. 아마도 그녀는 보람이나 마리아처럼 두 능력을 섞어서 사용해 볼 생각인 것 같았다.

보람은 안전을 위해 피부 강화를 선택했다. 성준도 그녀의 생각에 동의했다. 성준은 다들 피부 강화를 하나씩 가지고 있어야 한다고까지 생각했다.

마지막으로 성준은 자신의 검도 레벨 업을 시키기로 했다.

어차피 강화해야 할 것, 빨리 하는 편이 좋았다.

성준은 남은 3레벨 구슬 중에 화염 구슬을 꺼냈다. 성준은 아직 어릴 적의 로망이 남아 있어 화염검을 만들어볼 생각이다. 물론 먹보 검에 대한 반감도 물론 포함되어 있다.

그 자리에서 두 명의 여성과 한 자루의 검은 레벨 업을 했다.

고통스러운 레벨 업 시간이 지나간 후 성준은 정보를 확인했다.

―검투사 정보.
―영기 레벨 3.
―영기 성장치 0.
―영기 100.

―흙 이용 레벨 2, 무게 강화 1.
―영기 능력치 160.

산드라는 눈을 감고 새로 얻은 능력의 사용법을 확인했다.
눈을 뜬 그녀의 표정은 밝았다. 두 능력을 같이 사용할 수 있
게 되었나 보다.

―검투사 정보.
―영기 레벨 4.
―영기 성장치 0.
―영기 100.
―물 이용 레벨 3, 냉각화 2, 피부 강화 1.
―영기 능력치 190.

보람도 이제 4레벨이 되었다.
이제는 뒤에 숨어 있기만 할 필요는 없을 것 같았다.

―발렌제국 제식 장검―각성.
―영기 레벨 4.
―영기 성장치 0.
―영기 100.

―절단 강화 레벨 3, 독날 생성 레벨 3, 영기 압축 레벨 2, 영기 화염 레벨 1.

―코어 보석으로 각성한 검.

―영기 능력치 190.

마지막으로 자신의 검이다. 성준은 이번에는 제발 무난하게 능력을 사용할 수 있게 해달라고 빌었다.

그는 저번에 영기 압축을 한참 동안 사용 못한 것 때문에 자신의 검을 향해 이를 갈고 있었다.

레벨 업을 마친 성준은 다른 일행의 강제 성장치 증가를 보류하는 대신 탐사대의 모든 무기를 거둬서 빈센트에게 보냈다. 성준은 조합이 가지고 있는 1레벨 구슬들로 무기를 강화할 생각이었다.

가지고 있는 창에는 발톱 강화나 독 능력이 담긴 구슬 등을 박았고, 활과 쇠뇌에는 관통과 폭발 등이 담긴 구슬을 박았다.

다희와 헤라가 쇠뇌를 보고 자신들의 능력과 같다면서 투덜거리다가 한 번 사용해 보고는 능력이 증폭되는 것을 깨닫고 입을 닫았다.

모두 1레벨 능력이 하나 생긴 것 같았다.

어느 정도 준비를 마쳤을 때 교수에게 연락이 왔다. 문양의 수리를 마쳤다는 이야기였다.

성준은 다음 날 출발하기로 하고 일행을 모두 일찍 귀가시켰다.

그리고 성준은 조 실장, 정 교관과 함께 회의실에 마주 앉았다.

"제가 생각하기에는 이번 성공 확률이 50%를 넘지 않을 것 같습니다. 악마 몬스터의 기억을 얻을 수 있어서 악마들이 있는 별의 정보를 어느 정도는 얻을 수 있었는데, 다른 것은 괜찮지만 동족 영기 강탈의 능력을 지니게 된 악마 몬스터와 항복한 악마 몬스터들이 문제입니다."

성준은 기억을 떠올리며 얼굴을 찌푸렸다.

"악마 몬스터가 동족의 영기를 얼마나 자기 것으로 했느냐에 따라 성공률이 변할 것 같습니다. 자기 것으로 만든 양에 따라 저 50%라는 수치가 뚝뚝 떨어질 겁니다."

결국 성준의 이야기는 성공률이 50%보다 떨어진다는 소리였다.

"그래서 남은 분들이 중요합니다. 조 실장은 다른 나라와 잘 협의해서 일 처리를 부탁합니다."

성준은 조 실장에게서 눈을 떼고 정 교관의 성한 한쪽 눈을 바라보았다.

"전권은 정 교관님에게 드리겠습니다. 이미 다른 나라에도 교관님을 제 대리로 공표했습니다. 남은 귀환자들과 이곳을 부탁합니다."

성준은 구슬 하나를 꺼내 정 교관에게 주었다.

"우리가 처음 만났던 가디언의 능력 구슬입니다. 정 교관님이 생각나 아직 따로 보관하고 있었습니다. 그 가디언의 고유 능력이던 영기 창술입니다. 저희가 가고 나서 정 교관님이 성장치가 100이 되면 사용하십시오. 정 교관님의 창술에 도움이 되기를 바랍니다."

성준의 말에 정 교관은 고개를 숙여 감사를 전했다.

다음 날 성준과 일행은 전용기를 타고 미국을 향해 출발했다.

*   *   *

이곳은 악마 몬스터들이 있는 별이다. 밤인지 주위는 어두웠지만 하늘은 온통 검붉은 색이었다.

그 하늘을 거대한 문양이 빼곡하게 채우고 있었다.

하늘에는 작은 노란색의 두 개의 달이 떠 있고, 폐허가 된 도시 위로 붉은 세 번째 달이 떠오르고 있었다.

도시는 오래된 폐허로 보였는데 엄청나게 큰 건물들과 딱딱 구획되어 있는 모습이 상당히 발달한 도시였던 것 같았다. 마치 20세기 중반 지구의 한 도시의 폐허를 보는 것 같았다.

악마 가미긴이 있는 곳은 폐허가 된 거대한 도시의 한가운데로, 그나마 높게 서 있는 한 건물의 안이다.

이 건물은 밖의 도시와는 다르게 바로 지은 건물처럼 번쩍였다. 건물은 흰색의 단순한 디자인이었지만 바벨탑처럼 하늘을 향해 높게 솟아 있었다.

그 건물의 1층 벽과 천장에 아름다운 문양이 그려져 있는 거대한 회랑 안에 몇 명의 악마 몬스터가 보인다.

회랑의 한쪽 끝에 있는 거대한 의자에는 보통의 인간처럼 보이는 악마 몬스터가 앉아 있다. 일반 사람과 다른 점은 머리에 긴 뿔이 나 있다는 점이다.

그의 앞에는 세 마리의 악마 몬스터가 거대한 육체를 자랑하고 서 있다.

의자에 앉아 있던 악마 가미긴은 한참이나 연결되지 않는 악마 부네를 결국 포기했다. 그는 부네를 죽은 것으로 간주했다.

잠시 악마 부네를 생각하며 으르렁거린 그는 눈앞의 악마 몬스터를 둘러보았다. 그는 세 명의 악마 몬스터 중 둘에게 명령을 내렸다.

"각각 악마 부네와 악마 보티스의 영지로 가서 연락이 안 되는 원인과 보티스가 어디로 달아났는지 알아오도록."

악마 가미긴의 말에 그의 지시를 받은 악마 몬스터들은 인상을 찡그리며 길을 나섰다. 계약으로 다른 짓을 못하게 된 악마 몬스터들은 작게 구시렁거리며 각각 영지를 향해 날아갔다.

그 모습을 보며 악마 가미긴은 생각에 잠겼다. 이미 다른 악마들의 능력 흡수는 끝이 났다. 지금은 몬스터홀을 넘겨받는 중이다.

악마 가미긴의 앞에는 수십 개의 반투명한 창이 떠 있고, 각각의 창 구석에 수치가 움직이고 있다. 이제 조금 있으면 다른 악마 몬스터들의 몬스터홀을 완전히 장악할 수 있을 것 같았다.

물론 이런 일이 가능하게 된 것은 다른 악마 몬스터의 영기를 흡수한 덕분이다. 덕분에 다른 악마 몬스터들이 만든 몬스터홀의 잠금장치를 다 풀고 이렇게 몬스터홀들을 얻을 수 있게 되었다.

수치가 거의 다 찼다. 이제 조금만 있으면 몬스터홀을 모두 장악해 지금 멈추어 있는 몬스터홀을 아주 많이 증가시켜 지구인의 영기를 뽑아버리게 될 것이다.

그는 눈을 감고 시간이 흐르기를 기다렸다. 그의 뒤에는 한 악마 몬스터가 그를 지키고 있다.

성준과 일행은 전용기에서 내려 뉴욕 공항의 활주로에서
바로 버스를 타고 경찰차들의 호위를 받으며 공항을 빠져나
갔다.

뉴욕 공항을 빠져나가며 버스에서 바라본 공항의 모습은
전 세계 사람들이 모인 인종 박람회장 같은 모습이었다.

다들 부자처럼 보이는 수많은 사람이 뉴욕으로 들어오거
나 나가고 있었다. 그중에 가족으로 보이는 사람들은 뉴욕으
로 아예 이사를 오는 듯한 모습이다.

성준이 감각을 올려 살펴보니 그들은 전부 넘버 피플이었
다. 돈 있는 모든 넘버 피플이 뉴욕으로 쏟아져 들어오는 것
같았다.

일행이 탄 버스는 공항을 빠져나와 거침없이 뉴욕으로 향
했다. 뉴욕까지 가는 길에 아무 방해를 받지 않은 버스는 뉴
욕에 들어와서도 시내 한복판을 가로지르면서 달렸다. 버스
의 앞뒤는 경찰차가 호위하고 있고 버스 위로는 헬기들이 날
고 있다.

뉴욕시가 귀환자 일행을 위해 시내 도로를 통제한 모양이
다.

그 광경을 보고 주희나 미리와 같이 어린 여성들은 창밖을

보며 신기해했지만 성준과 같이 상황을 아는 사람들은 심각한 표정이었다.

성준은 어깨가 무거워졌다. 그는 이들의 기대를 실감했다.

버스는 금방 뉴욕 센트럴파크에 도착했다. 도심 속의 아름다운 공원이던 센트럴파크도 많이 변해 있었다.

과거의 몬스터홀이 있던 센트럴파크의 잔디밭은 거대한 건물이 지어지고 있었다. 영기 발전소였다.

그 건물 한쪽은 개방되어 있어서 엄청난 수의 넘버 피플이 그곳으로 들어왔다가 나가고 있었다.

이들 중엔 외국에서 온 넘버 피플도 있지만, 대다수는 뉴욕 참사에서 발생한 넘버 피플이었다.

버스가 건물 앞 주차장에 서자 성준과 일행은 차에서 내렸다. 멀리서 경찰차의 호위를 받으며 오는 버스를 신기하게 바라보던 사람들은 성준과 일행이 내리자 웅성거리기 시작했다.

악마 몬스터가 뉴욕을 지옥으로 만든 그날, 외부 던전의 중심을 향해 달려가던 일행의 모습을 알아본 것이다.

그 당시 뉴욕의 시민들은 일행이 악마 몬스터에게 달려가는 모습과 힘겹게 악마 몬스터를 물리치고 서로 의지하며 돌아가던 모습을 집 안에서 창밖으로 바라보고 있었다.

그런 사람들이 일행의 모습을 알아본 것이다.

일행이 건설되고 있는 발전소를 향해 걸어가자 멀리 사람들 사이에서 조금씩 박수가 나오기 시작하더니 엄청난 환호성으로 변했다.

이미 뉴욕에 살고 있던 넘버 피플은 뉴스를 통해 뉴욕의 외부 던전을 없애고 자신들을 구해준 것이 한국의 귀환자 조합의 사람들이란 것을 알고 있었다.

일행은 환호성에 놀라 사람들을 바라보다 그 환호가 자신들을 향한 것이라는 것을 알고 쑥스러워 빠르게 걸어갔다. 그 와중에 주디와 몇몇 사람은 환호하는 사람들에게 손을 흔들어주었다.

그들이 발전소의 입구로 향하자 양쪽에서 경계를 서던 군인들이 성준과 일행을 향해 큰 소리로 경례했다. 그들도 그날 전투에 참여한 군인으로 전우에게 인사를 보낸 것이다.

사람들에게 인사를 받으면서 건물 안으로 들어선 일행의 얼굴이 흥분으로 붉게 변해 있다.

성준은 흥분한 일행을 데리고 정부요원의 안내를 받으면서 공사 중인 발전소의 중심으로 이동했다.

일행이 걷는 주변은 공사 중이라서 모두 정신이 없어 보였다.

발전소의 중앙은 거대한 홀로 되어 있었다. 이미 홀의 천장은 완성되어 하늘을 가리고 있었다. 그 가운데는 검은 문양이 있고, 그곳에서 뿜어져 나오는 검은 영기는 위쪽으로 올라가고 있었다.

문양의 한참 위쪽 천장에는 거대한 기계가 매달려 있다. 저
것이 영기 발전기였다. 저 안에 성준이 보낸 50개의 전기 소
켓 구리 검이 들어 있을 것이다.

공중에 매달린 기계 위에 좌석 수십 개가 보였고, 몇 개의
좌석에 사람이 앉아 기계에 손을 올리고 있는 모습이 보였다.

이미 시험 가동 중인지 성준의 감각에 기계에서 대량의 전
기가 발생하는 것이 느껴졌다.

그리고 사람들이 줄을 이어 한쪽의 문으로 홀 안에 들어와
서 다른 문으로 나가는 모습이 보였다. 사람들의 이동이 늦은
것으로 보아 이곳에서 영기를 회복하는 넘버 피플들인 모양
이다.

성준이 기계를 바라보고 서 있자 어느새 그의 옆으로 베르
거 교수가 다가왔다.

"금방 만들었지? 근데 실제는 전기 소켓 말고는 거의 비어
있는 깡통인가 봐. 뭐, 그래서 금방 만들었겠지만. 전류량을
제어해 주는 장치밖에 없는 모양이야."

그렇지만 성준은 지금의 모습만 해도 충분히 감탄한 상태
이다.

성준은 박사를 돌아보았다.

이제 문양을 확인할 시간이다. 박사는 성준의 모습에 그가

원하는 것을 알 수 있었다. 그가 성준을 불렀다.

"이리 오게나. 모든 수리를 마쳤다네. 하지만 자네가 직접 보는 게 빠르겠지?"

교수는 성준을 문양으로 데려갔다.

성준의 눈앞에서 검은 문양이 수평으로 천천히 돌아가고 있다. 전처럼 흐리게 껌뻑이지도 않고 정지해 있지도 않았다.

성준은 영기분석을 문양에 사용했다.

—공간 연결진.
—행성과 행성을 연결하는 연결진.
—보타스 던전 관리 실무자 제작.
—최대 동시 이동 인원 24명.
—1회 사용 후 2일 대기.
—영기 농도 차로 영기 누수 발생.

문양은 정상 가동되고 있었다. 베르거 교수는 정말로 성공한 것이다.

"그 별과 라인이 두 군데로 연결되어 있어서 어느 쪽으로 가게 될지는 모르겠어. 그리고 아무래도 이동 시 영기 소모가 많은 것 같아. 회복 속도도 늦는 것 같고. 거기다 돌아오기 위해서는 역시 나도 같이 가야 하는 모양이야."

베르거 교수의 투덜거림에 성준은 미소를 지었다. 같이 가는 길에 짐이 될까 봐 투덜거리는 것이다.

"저희가 최선을 다해 보호해 드리겠습니다."

"당연하지. 나 없으면 다들 지구로 못 돌아와."

성준은 일행을 돌아보았다. 다들 흥분이 가라앉은 모양이다. 모두 준비가 끝난 것을 확인하자 출발하기로 했다.

성준은 마지막으로 같이 온 요원에게 인사를 보낸 후 교수에게 출발 신호를 보냈다.

교수는 문양에 손을 올리고 자신의 능력을 발휘했다.

위이잉!

거대한 소리와 함께 문양의 위쪽에 영기가 뭉치더니 검은 점이 생기기 시작했다.

점은 점점 커져서 잠시 뒤 성준의 앞 허공에 검은색의 막이 생겼다. 막의 표면은 마치 옆으로 세운 기름의 표면처럼 보였다.

성준은 심호흡하고 안으로 발을 옮겼다. 그의 모습이 검은 물속에 잠기는 것 같았다.

성준이 사라지자 그의 가디언들이 따라 들어갔다. 그 모습을 보고 헤라가 구시렁거리기 시작했다.

"혹시 산소가 없는 것 아냐? 온도는? 습기는? 피부 안 좋아지는데… 역사상 최초로 인류의 다른 별 진출인데 이게 뭐야."

성준이 악마 몬스터의 기억을 파악해서 모두 괜찮다고 확인했지만, 갑자기 두려워진 헤라는 다희에게 질질 끌려가며 계속 웅얼거렸다.

모든 인원이 안으로 사라지고 마지막으로 베르거 교수도 안으로 들어갔다. 잠시 뒤 허공에 떠 있던 검은 막이 허공으로 흩어졌다.

이제 이곳에서 다시 문양이 활성화될 때는 일행이 돌아올 때밖에는 없을 것이다.

일행이 사라지는 것을 멍하니 바라보던 사람들은 모두 자기 일을 하기 시작했다.

* * *

이곳은 만든 지 얼마 안 돼 보이는 큰 신전이다. 그런데 신전은 큰 폭발이 있었는지 심하게 부서져 있었다.

천장도 반이 부서져서 하늘이 보이고 하늘에는 거대한 문양 일부가 움직이고 있었다.

신전의 중심에는 흐리게 껌뻑이는 검은 문양 하나가 보였고, 사방에서 검은 영기가 그 문양으로 빨려들고 있다.

신전에는 아무도 없는지 먼지가 쌓인 채로 영기만이 공기 중을 흐르고 있었다.

징~

신전 중앙에서 이상한 소리가 울리기 시작했다. 그리고 그 소리는 점점 커지더니 검은색의 문양 위에 먹물이 찍힌 것처럼 공기 중에 검은 점이 생겼다. 검은 점은 점점 커지더니 지름 4m의 거대한 검은 막이 되었다.

막의 확대가 멈추자 그 막에서 사람들이 걸어 나오기 시작했다.

먼저 성준이 나오고 그의 가디언들, 그리고 귀환자 일행이 밖으로 걸어 나왔다.

"공기가 없을지도 모른다니까. 조합장님이 실수할지도 모르잖아. 산소마스크라도… 엥?"

헤라는 다희에게 질질 끌려 나오면서 떠들다가 주위에 보이는 낯선 모습에 어리둥절해했다. 이미 다른 별로 넘어온 것이다.

성준은 신전을 둘러보았다. 이곳은 악마 부네의 신전이었다.

성준은 부서진 천장 사이에 보이는 하늘에 떠 있는 문양을 노려보았다. 그리고 문양의 정보를 확인했다.

—영기 투영진 최종 레벨.

—별 전체에 영기 지역을 선포한다.

—모든 생명체를 영기 생명체로 전환한다.

—일반인을 예비 진입자로 전환한다.

—화약 폭발 억제, 전기 과부하로 기기 파괴.

이 별을 모두 감싸는 문양인 모양이다.

성준은 레벨이 오르자 문양의 추가 능력을 파악할 수 있었다. 역시 문양 자체가 현대 문물의 사용을 막는 역할을 하는 모양이었다.

성준은 일행을 둘러보았다. 사람들은 이동 후 몸에 이상 없는지 확인하고 주변을 둘러보고 있었다. 모두 무사히 넘어온 모양이다.

성준은 우선 신전 밖으로 나가기로 했다. 그가 얻은 기억에 따르면 이곳은 성준이 죽인 악마 몬스터의 신전이었다. 악마 몬스터가 죽자 신전이 붕괴한 모양이다.

성준은 바로 일행을 데리고 신전 밖으로 빠져나갔다. 나가는 길은 무너진 통로 이외에는 인기척이 없었다. 성준은 고개를 갸웃거렸다.

기억으로는 여기에도 가디언들이 있었는데 보이지 않는 것이다.

성준과 일행이 신전 밖으로 나가자 눈앞에 폐허가 된 도시의 모습이 보였다. 수십 층 이상의 높은 건물들이 허리가 잘려 쓰러지고 크게 파괴된 채로 먼지에 쌓여 방치되어 있다.

"너무해."

여성들이 폐허가 된 밖의 모습을 보고 놀랐다. 남자들도 충격을 받았는지 표정이 굳어 있다.

일행의 앞에는 오래된 자동차처럼 생긴 물건들이 보였고, 길도 반듯한 것이 마치 20세기 초의 미국이나 유럽의 모습을 보는 것 같았다.

성준이 자동차 같은 기계의 위를 쓸어보았다. 낡은 모습이 멈춘 지 백 년 이상은 지난 것 같았다.

주위의 건물도, 길 위에도, 그리고 도시의 어느 곳에도 파란 식물의 모습은 보이지 않았다.

"영기에 먹힌 별은 자연적인 식물이 자라나지 않으니 폐허에 먼지만 가득하네."

성준의 말처럼 이 도시는 파괴된 지 백 년도 넘은 듯 먼지만 가득했다. 아마 지구가 몬스터홀에 먹히면 서울도 이런 모습으로 변할 게 분명했다.

성준은 악마 몬스터에게서 얻은 기억을 더듬었다. 그리고 그는 그가 가고자 하는 목표의 위치를 찾아냈다. 그곳은 두 개의 도시를 더 지나가야 나오는 곳이다.

성준이 감각을 활성화해 보자 멀리 목표의 위치에서 거대한 영기가 꿈틀거리는 것이 느껴졌다. 악마 가미긴은 강한 적이 분명했다.

성준은 일행의 놀람이 어느 정도 가라앉자 출발했다. 일행은 무너진 신전을 출발해서 도시의 중앙 대로를 가로지르기 시작했다.

*　　　*　　　*

빠른 속도로 악마 부네의 영지로 날아가던 악마 푸르손은 멀리서 느껴지는 이상한 파동에 의아해했다. 분명히 공간 연결진이 활성화된 느낌이다.

악마 가미긴은 분명히 부네와의 연결이 완전히 끊어졌다고 말했다. 그런데 공간 연결진이 다시 활성화되다니… 악마 부네가 다시 돌아온 것이 분명했다.

"제길, 계약자와의 연결도 놓치는 놈한테 항복하고 수족이 되다니. 이 푸르손도 다되었군."

악마 푸르손은 하늘에서 이동을 멈추었다. 그리고 아래의 도시를 바라보았다.

이곳에는 악마 가미긴에서 먹힌 녀석 중 하나의 신전이 있

을 게 분명했다. 이곳에서 쉬며 부네를 기다려도 충분할 것이
다.

　　악마 푸르손은 자신의 결정이 계약의 심판을 피한 것을 확
인하고 아래로 떨어져 내렸다.

제5장

생존 Ⅰ

먼지가 쌓인 도시의 대로를 걸어가는 일행은 조금 으스스한 기분이 들었다. 움직이는 생명체가 전혀 없으니 더욱 그런 기분이 강해졌다.

"그 악마 몬스터가 있는 곳까지 얼마나 걸려요?"

일행이 넓은 교차로에 이르자 지루한 표정의 미리가 성준에게 물었다. 다들 성준을 돌아보는 것이 모두 궁금했던 모양이다.

성준은 머릿속으로 악마 몬스터의 기억을 뒤져 보았다.

"이렇게 걸어서는 한 달 정도 걸릴 것 같은데?"

악마 몬스터처럼 날아서 가면 이틀이면 충분하지만 걸어서 가면 그 정도 거리이다. 일행이 모두 귀환자라 이동속도가 빨라서 그 정도이지 일반인이었으면 훨씬 많은 시간이 걸릴 게 분명했다.

"에엑!"

다들 놀랐지만 제일 놀란 것은 주희였다. 주희는 영기 공간 능력 덕분에 얼마 전부터 일행의 보급 담당이 되었다.

남은 음식의 양을 계산하던 그녀는 성준의 말에 크게 놀랐다.

"저, 음식이 20일 치밖에는 없어요."

작게 이야기하는 주희의 말에 일행의 눈이 더 크게 떠졌다. 그래도 큰 소리가 바로 나오지 않는 것은 그동안 성준이 일행과 쌓아온 신뢰 덕분일 것이다.

성준은 아무래도 일행의 걱정을 덜어주어야 할 것 같았다.

"이 도시의 남쪽으로 내려가면 목표인 악마 몬스터가 있는 도시까지 이어지는 강이 있습니다. 그곳에서 물길로 이동할 생각입니다."

성준의 말에 모두 안도의 한숨을 내쉬었다.

"근데 원래 도시가 이렇게 조용한 게 맞나요?"

하은의 말에 성준이 고개를 흔들었다.

"나도 악마 몬스터의 기억을 온전히 얻은 게 아니라서 잘 몰라. 영기로 봐서는 몬스터들이 없는 것은 아닌데 내가 봐도 너무 조용한걸."

하지만 성준의 말이 끝나기 무섭게 주변의 영기들이 움직이기 시작했다. 마치 도시가 잠에서 깨어나는 것 같았다.

"영기가 다가옵니다! 모두 전투 준비!"

영기를 확인한 성준은 일행에게 소리쳤다.

성준의 말에 일행은 모두 급하게 진형을 갖추었다. 원형으로 진형을 갖추고 안쪽에 방어가 약하거나 비전투 요원을 배치한 일행은 사방을 둘러보았다. 이곳은 네 방향으로 대로가 뻗어 있는 교차로의 한가운데이다.

"아무래도 함정 같지?"

사방을 포위하고 다가오는 기운에 성준은 수리에게 의견을 물었다.

"네, 저희가 이곳까지 오기를 기다린 것 같아요."

수리도 다가오는 살기를 느끼곤 성준의 의견에 찬성했다.

이곳은 방패막이로 삼을 것이 전혀 없는 교차로 한복판이다. 사방으로 훤하게 뚫려 있어 피할 곳도 없었다.

영기는 사방에서 다가오고 있었다. 그리고 잠시 뒤 몬스터들이 일행의 눈에도 보이기 시작했다.

몬스터들은 마치 들개처럼 생겼다. 다른 점은 가느다란 꼬리 끝에서 빛이 나고 있다는 점과 가끔가다가 머리가 두 개인 몬스터들이 있다는 점이다.

몬스터들은 건물들 사이에서, 무너진 건물 위에서, 건물의 창문 안에 모습을 드러냈다. 한눈에 보아도 백 마리는 족히 되어 보였다.

그리고 정면의 그나마 멀쩡한 10층짜리 건물 위에서 다른 몬스터보다 몇 배나 큰 몬스터가 서서 일행을 내려다보고 있었다.

성준은 주위를 둘러보고 일행에게 말했다.

"머리 두 개인 몬스터는 2레벨 몬스터, 꼬리에 빛이 나는 몬스터는 1레벨 엘리트 몬스터, 앞에 보이는 큰 놈은 2레벨 엘리트입니다. 꼬리에서 광선 공격이 나오니 조심해요."

성준의 말이 끝나자 한껏 긴장하고 있던 일행은 긴장을 풀었다.

"아니, 그 레벨에 무슨 생각으로 덤비는 거야?"

헤라의 말에 다희가 한심한 표정으로 그녀를 바라보았다. 닭이 병아리 때 생각 못 하는 꼴이다.

"몇 개월 전만 해도 저 몬스터 한 마리면 우리 모두 전멸이야."

긴장이 풀어진 일행의 모습에 엘리트 몬스터의 눈이 빛났다. 지금이 공격하기에 알맞은 시간인 것 같았다.

"크앙!"

건물 위에서 일행을 내려다보던 2레벨 엘리트 몬스터의 괴성이 울렸다. 엘리트 몬스터가 이 모든 몬스터를 지배하는 모양이었다. 몬스터들이 일행을 향해 달려들었다.

하지만 일행은 침착하게 상대했다.

산드라가 앞으로 나서서 땅에 손을 짚었다. 그리고 3레벨이 된 그녀의 능력을 땅속에 퍼부었다. 그녀의 손을 중심으로 땅이 사방으로 물결치기 시작했다.

일행을 향해 달리던 몬스터들이 사방으로 나뒹굴었다. 그리고 산드라가 마지막으로 힘을 쓰자 땅이 사방으로 터져 나가며 평평한 도로가 순식간에 터지고 울퉁불퉁하게 변했다.

그 뒤로 활과 쇠뇌 사용자들이 사방으로 화살을 발사했다.

콰콰콰쾅!

사방에서 대폭발이 일어났다.

활과 쇠뇌에 장착한 폭발 구슬은 엄청난 위력을 자랑했다. 1레벨 몬스터들은 그대로 쓸려나갔고, 2레벨 몬스터들은 몸의 한 부분이 날아갔다.

2레벨 폭발 능력자인 두 전직 군인의 화살은 쇠뇌에 장착된 폭발 구슬로 더욱 강력한 모습을 보였지만 헤라의 화살에는 미치지 못했다.

헤라의 화살은 그야말로 직사형 유탄발사기를 난사하는 것 같았다. 헤라의 화살에 1레벨, 2레벨 상관없이 서너 마리의 몬스터가 사방으로 날아갔다.

"우와! 대단! 이러면 정확하게 안 맞춰도 돼!"

신나게 화살을 쏘아대는 헤라의 얼굴에 화색이 돌았다. 그 동안 명중률이 떨어진다고 혼난 스트레스를 다 풀어버릴 모 양이다.

그 모습을 본 다희는 머리를 흔들고 자신의 공격에 집중했 다. 관통 구슬이 장착된 쇠뇌와 그녀의 능력이 합쳐지니 헤라 의 능력과 맞먹는 위력의 화살이 날아갔다.

그녀의 화살은 마치 레일건처럼 보였다. 화살은 마주치는 어떤 물체도 뚫어버릴 것 같았다. 지금도 그녀의 화살이 두 마리의 몬스터를 차례로 구멍을 내더니 뒤의 건물까지 뻥 뚫 어버렸다.

공격에 들어간 몬스터들이 일행에게 막혀 버리자 건물 사 이에 있던 꼬리 끝이 빛에 물들어 있는 엘리트 몬스터들이 일 제히 꼬리를 들어 올려 일행을 가리켰다. 그리고 꼬리 끝에서 붉은 광선이 일행을 향해 쏘아졌다.

하지만 몬스터의 움직임은 재식의 눈에 모두 파악되고 있 었다. 몬스터의 꼬리가 붉게 물들자 재식은 바로 일행을 전부 감싸는 반투명한 방패를 만들어냈다.

광선은 재식의 방패 능력에 모두 막혀 버렸다.

숨어서 대기하고 있던 몬스터들이 미리와 친구들에게 하

나씩 제거되자 2레벨 엘리트 몬스터가 비명 같은 괴성을 질러댔다.

그러자 몬스터들이 일제히 일행을 향해 달려들었다.

달려오는 몬스터들을 침착하게 바라보는 일행 사이에서 마리아가 손을 머리 위로 올려 사방으로 안개를 내뿜었다. 일행의 머리 위에서 사방으로 뿜어져 나간 안개는 일행의 바깥쪽에서 바닥으로 깔렸다. 교차로 전체가 녹색의 안개로 덮였다.

우당탕탕!

달려드는 수십 마리의 몬스터는 일제히 마비에 걸려 다리가 꼬이는 바람에 달리는 속도 그대로 땅을 구르고 말았다. 그 때문에 마비는 풀렸지만 몬스터들은 바로 움직일 수 없었다.

그 몬스터들은 마지막까지도 일어설 수 없었다. 마리아가 안개를 내뿜었을 때 보람도 4레벨이 된 자신의 능력을 모두 활성화했다.

보람의 주위로 수십 개의 물방울이 생성되더니 바로 얼음의 창으로 변했다. 동시에 수십 개의 얼음 창을 만든 것이다.

일행도 보람의 주위에 떠오른 수십 개의 얼음 창에 모두 얼어버렸고, 보람의 얼음 창에 의해 사방을 구르던 몬스터들은 모두 영기로 변했다.

그 모습을 보고 2레벨 엘리트 몬스터는 급하게 몸을 돌렸다. 달아날 생각이다. 하지만 엘리트 몬스터의 눈에 한 여성이 공중에서 가볍게 내려서는 것이 보였다.

엘리트 몬스터는 능력을 사용하여 반항했지만, 수리의 옷깃도 스치지 못하고 목이 날아가고 말았다.

"역시 이곳에서도 성장치가 올라가지 않아요."

자신의 손목을 확인하고 하은이 성준에게 말했다.

"여기도 외부 던전이니까 올라가지 않는 게 맞지."

하은의 말에 성준은 고개를 끄덕였다. 이곳에서 성장치를 올리려면 다른 방법을 사용해야 했다. 성준은 일행이 모아온 구슬을 확인했다. 그래도 꽤 숫자가 많았다.

"2레벨 분들은 여기 1레벨 구슬을 먹고 성장치를 올리세요. 이곳에서는 영기로는 성장치가 올라가지 않으니 구슬로 올리도록 하겠습니다. 아쉬워도 생존이 우선이니 따라주시기 바랍니다."

얼마 전부터 돈에 구애받지 않게 된 성준은 일행에게 구슬을 분배했다.

"그리고 여기 2레벨 구슬은 2레벨 귀환자 분들의 레벨 업에 쓸 테니까 모두 3레벨이 되면 다시 성장용으로 사용하겠습니다."

성준의 말에 모든 일행은 고개를 끄덕였다.

2레벨 귀환자들은 1레벨 구슬을 받아 들고 인상을 쓰며 입에 넣었다. 30억짜리 식사는 아무 맛도 나지 않았다.

일행의 전투를 멀리 떨어진 건물 위에서 바라보는 사람이 있었다. 그는 작업복 비슷한 옷을 입고 있는 마른 몸매의 남자였다. 하지만 그의 분위기는 왠지 보통 사람의 느낌과는 달랐다.

"내가 잘못 본 것은 아니겠지?"

하지만 몇 번이나 눈을 비비고 다시 본 광경이다. 분명히 가디언은 아니었다. 자신들과 다른 인종이었다. 다른 곳에서 온 것이 분명했다.

"사람들이 들으면 기절하겠군. 80년 만에 외부인이라… 이것 때문에 내분이나 일어나지 않았으면 좋겠군. 의장은 오히려 안 좋아하겠는데?"

낯선 언어로 말하는 그의 모습은 피곤이 절은 40대 남성이었다. 특이하게도 뺨에 붉은색의 문신이 그려져 있는데 그 문신의 선에 따라 빛이 흐르고 있었다.

그는 망원경처럼 생긴 물건을 눈에 대고 몬스터들을 모두 물리치고 이야기를 나누는 일행을 보고 있었다.

'훈도들을 아무 상처 없이 몰살시킨 것을 보아하니 전투력은 상당해 보이고. 그런데 여성체의 숫자가 상당히 많아. 저 종족은 여성들이 훨씬 강한가? 그리고 종족도 상당히 다양해 보이는데……'

그는 동물을 어깨에 올려놓은 은발의 어린 여성의 모습을 보고 고개를 갸웃거렸다. 다른 사람들은 비슷한 종족으로 보이는데, 검을 든 검은 머리의 아름다운 젊은 여성과 저 은발에 어린 여성은 분명히 사람들과 다른 종족으로 보였다.

그는 망원경을 일행의 중심에 있는 남성에게 향했다. 젊은 남성이 일행의 중심에서 움직이고 있다. 그가 보기에는 일행을 지휘하는 사람이 저 남성인 것 같았다.

상황을 보아하니 전투는 여성이 담당하고 남성은 머리를 쓰는 것을 담당하는 것 같았다.

망원경을 확대해 그 남성의 옆얼굴을 바라보자 남성의 얼굴이 이쪽을 향했다. 그리고 남자의 눈이 정확히 그를 바라보았다.

"들켰나?"

그의 신경이 비명을 질러댔다. 이 지옥에서 여태껏 그를 살린 감각이 다시 느껴졌다. 그는 망원경을 내리고 뒤를 돌아 번개같이 달리기 시작했다.

옥상 위를 달리던 그의 속도가 점점 빨라지더니 옥상 끝에서 몸을 날렸다. 그의 몸은 허공을 날아 멀리 떨어진 건물 위에 내려섰다. 그는 뒤도 돌아보지 않고 일행에게서 최대한 멀어졌다.

*　　　*　　　*

"갑자기 왜 그러세요?"

성준이 갑자기 고개를 돌려 멀리 바라보자 수리가 의아해하며 그에게 물었다.

성준의 감각에 빠른 속도로 달아나는 영기의 움직임이 느껴졌다.

"아, 재미있는 영기가 느껴져서. 아마 생존자가 있는 모양이야. 본인들이 필요하면 다시 찾아오겠지."

성준은 가디언이 아닌 귀환자의 영기를 느꼈지만, 굳이 쫓아갈 생각은 하지 않았다. 달아나는 속도도 엄청나게 빨랐고 그 기척을 쫓기에는 자신과 일행에게 할 일이 있었다.

"자, 출발합시다. 날이 지기 전에 안전 지역을 찾아야 합니다."

성준은 일행을 데리고 출발했다. 일행은 도시의 남쪽을 향해 다시 움직였다.

일행은 계속 남쪽으로 내려갔다. 중간에 호영이 능력을 사용해 방책을 만들고 점심을 먹다가 몬스터들의 기습을 받기도 했지만, 성준이 미리 파악한 덕분에 문제없이 막아낼 수 있었다.

일행은 내려가면서 계속 몬스터들의 습격을 받았다.

습격한 몬스터들은 표범처럼 생긴 몬스터에서 들개처럼 생긴 몬스터, 그리고 거대한 토끼처럼 생긴 몬스터까지 다양했다.

마치 동물들이 몬스터로 변한 것 같았다.

주디가 동물이 변한 것처럼 보이는 몬스터들을 보며 말했다.

"다들 새끼 때에는 귀여웠을 것 같아요."

주디의 말에 모두 흠칫했다. 역시 조련사의 감수성은 일반인과는 다른 것 같았다. 하지만 성준은 그녀의 말에 동의했다.

"아무래도 도시에 있는 애완동물들이 몬스터로 변한 것이니까."

성준은 얼마 전에 도시의 몬스터에 대한 기억을 얻을 수 있었다. 이 몬스터들은 모두 도시에 있던 동물들이 영기화되어서 몬스터가 된 것이었다.

악마 몬스터는 가끔 신전 밖으로 가디언들을 데리고 나가 도시의 몬스터들을 사냥하는 취미 생활을 했다.

그리고 가디언들이 생전에 사랑하던 애완동물과 서로 죽고 죽이는 싸움을 벌이는 것을 즐겁게 바라보았다.

성준은 이런 내용을 일행에게 설명했고, 모두 성준의 말에 얼굴빛이 안 좋아졌다.

"악마 몬스터들은 왜 그런 짓을 하는 거죠?"

주희가 성준을 향해 큰 소리로 외쳤다. 성준은 깜짝 놀랐다. 아무래도 성준의 말이 외톨이였을 때의 트라우마를 건드린 모양이다.

"아, 죄송해요. 그, 그러니까 조합장님이 나쁘다는 것이 아니라……."

주희는 바로 사과하며 어쩔 줄 몰라 했다.

성준은 주희에게 괜찮다고 말하고 자세하게 설명했다.

"아무래도 그 종족은 너무 발달했던 모양이야. 영기를 사용해서 무엇이든 할 수 있으니 거의 신에 가까워진 거지. 기본적으로 윤리가 없는 종족이기 때문에 그들이 하는 일이 자신들의 탐구욕을 충족시킬 능력 수집이나 가지고 있는 장난감들을 싸움 붙이고 노는 것이야. 그래도 아직 생존 욕구나 명예욕 등은 남아 있는 것 같지만……."

성준은 속으로 그래서 더 큰일이라고 생각했다. 이들의 모습은 마치 그리스 신화에 나오는 인간적인 악신의 모습에 가까웠다. 다른 점이 있다면 인간을 인격체로 존중하지 않는 점일 것이다.

그렇게 말하는 성준의 감각에 작은 영기의 움직임이 느껴졌다. 성준은 영기가 느껴지는 방향으로 고개를 돌렸다. 성준이 바라보자 영기가 급하게 멀어지고 있다. 이번에는 저번과 다른 좀 더 젊은 기척이었다. 아마도 생존자가 한 명이 아닐 수도 있을 것 같았다.

기척이 달아나는 방향이 성준이 목표한 강 쪽이었다. 아마도 잠시 뒤 만날 것 같다는 생각이 들었다.

*   *   *

도심 정찰팀 소속의 호무아는 달리는 중에도 등에 식은땀이 가득 찼다.

치카소 아저씨의 말을 믿지 않았는데 그 말이 사실이었다. 그 먼 거리에서 저 외부인이 자신을 알아차린 것이다. 아마 정찰 같은 능력을 가지고 있을지도 몰랐다.

하지만 자신의 능력을 꿰뚫는 그런 고위 능력을 가진 사람을 처음 본 호무아는 정말 놀란 상태였다.

성역에서 살아온 자신과 같은 보호 세대 중 이번에 성역을 나올 수 있는 것은 몇 사람 되지 않았다. 그래서 자신은 어리지만 사명을 가지고 있다고 생각했다. 또한 자신의 능력은 밖에서도 충분히 통용될 수 있다고 믿었다.

그는 항상 피곤의 찌든 표정의 치카소 아저씨 같은 패배주의자들을 싫어했었다. 성역 밖을 다녀올 때마다 밖은 지옥이니 뭐니 하며 사람을 기죽였다.

그래서 이번에 나와선 기필코 그의 말이 거짓임을 증명할 생각이었다. 그리고 이번에 움직임을 멈춘 가디언들을 거둬 들여 옮겼을 때 자기 생각이 맞았음을 확신할 수 있었다. 이 바깥도 충분히 살아갈 수 있는 곳이었다.

그래서 정찰을 들킨 치카소 아저씨를 비웃고 이번 정찰을 자원했는데 충분히 자신의 능력으로 숨을 수 있다는 생각은 바로 깨지고 말았다. 더군다나 망원경 속에서 자신의 내면을 바라보는 듯한 그 눈길에 겁을 덜컥 집어먹고 말았다.

호무아의 그동안 감추고 있던 약한 자신의 본질이 밖으로 표출되기 시작했다.

겁을 먹은 호무아는 치카소나 정찰팀 선임들의 말을 모두 까먹고 말았다. 그는 기척을 숨기지도 않고 가디언들을 옮기고 있는 강 쪽을 향해 곧바로 달렸다. 사방에 기척을 뿌리며 달리는 그의 뒤로 숨어 있던 몬스터들이 눈을 빛내며 그를 따라가기 시작했다.

낯선 기척이 사라진 후 성준과 일행은 몬스터와 만나지 않고 한참을 움직일 수 있었다. 몬스터들이 이들의 강함을 알고 발을 빼고 있는지도 몰랐다.

이제 주변의 보이는 폐허의 모습도 변해 있었다. 낮은 주택과 5층 이하의 건물들이 무너진 상태로 먼지를 뒤집어쓰고 있었다.

성준이 찾은 기억의 내용으로는 이제 강이 얼마 남지 않은 것으로 생각되었다.

쾅! 콰쾅!

일행의 귀에 멀리서부터 충돌음과 폭발음이 들려오기 시작했다. 일행이 가는 강 쪽에서 나는 소리였다.

어쨌든 확인하는 편이 좋을 것 같았다. 성준은 일행의 속도를 올리고 이동속도 능력자에게 부탁했다.

"우진 씨, 정찰을 부탁합니다."

그는 일행 앞쪽으로 번개같이 달려 나갔다. 일행 중에 성준과 수리를 제외하고 그가 제일 빨랐다.

잠시 후 일행이 조금 더 달려가자 멀리서 벌써 우진이 돌아오고 있다. 우진은 돌아오자마자 바로 성준에게 말했다.

"강변에서 인간처럼 보이는 자들과 몬스터들 간의 전투가 한창입니다. 강에는 작지 않은 배 한 척이 나루터에 묶여 있고 인간들은 몬스터에게서 배를 보호하고 있었습니다. 몬스터들이 훨씬 유리한 상황입니다."

성준은 우진의 말을 듣고 잠깐 고민하다 결정했다.

그들을 구하는 문제도 중요하지만 우선 배를 구할 수 있다는 점이 가장 중요했다. 지금까지는 호영의 뗏목으로 이동할 생각이었지만 배가 있다면 이야기가 달랐다. 우선 구해주고 협상해 보는 것이 좋을 것 같았다. 몬스터에게 배를 파괴당하면 곤란했다.

일행은 성준의 지시로 쏜살같이 달려갔다. 이내 그들의 눈에 강이 보이기 시작했다. 강의 상류 쪽에서 폭음이 들려왔다.

일행은 강변에 도착했다. 강은 무척이나 넓었다. 마치 한강을 보는 듯한 너비다. 하지만 넓은 강은 마치 보도블록 위를 흐르는 것 같았다. 강바닥에 수초도 자라지 않고 강의 주변에는 흙뿐이다. 강물은 깨끗하지만 그 안에는 아무것도 보이지 않았다.

성준은 굉음이 들려오는 상류 쪽으로 시선을 돌렸다.

그곳에서는 인간과 몬스터들 간의 전투가 벌어지고 있었다.

사람의 수는 30명 정도 되었고, 몬스터는 이 근방의 몬스터가 다 몰려온 것 같았다.

얼굴 한쪽에 빛나는 문신이 그려져 있는 그들은 장년 남자부터 어린 소녀까지 다양했다. 그들은 나루터에 묶여 있는 배를 등지고 몬스터와 싸우고 있었다.

몬스터들은 도시에서 본 종류가 다 모인 것 같았다. 그리고 몬스터들의 뒤쪽 건물 위에선 커다란 몬스터들이 전투를 지켜보고 있었다. 아마 2레벨 엘리트 몬스터인 모양이다.

성준은 인간 쪽의 정보를 확인해 보았다.

—검투사 정보.
—영기 레벨 2.
—영기 성장치 0.
—영기 30.
—현상 제어 레벨 1, 관통 강화 레벨 1.
—영기 능력치 130.

성준은 사람들의 능력치를 보고 깜짝 놀랐다. 모든 사람에게 현상 제어라는 능력이 있었다. 그가 감각으로 확인한 바로는 얼굴에 있는 문신과 무슨 관련이 있는 것 같았다.

그들은 전투하는 모습도 특이했다. 몬스터들이 달려들면 그들은 한 손을 내밀어 몬스터를 가리켰다. 그러면 얼굴의 문양에 흐르는 빛이 강해지며 몬스터가 덜컥 멈추었다. 그러면 활과 불 같은 능력으로 몬스터를 제거했다.

몇몇 인간은 앞으로 달려 나가 몬스터와 상대하고 있었다.

그들의 움직임은 엄청나게 빨랐는데 얼굴의 문양이 빛나고 있었다.

성준이 확인한 바로는 저 사람들의 중심에 서 있는 여성을 제외하고는 모두 2레벨이었다. 특이한 것은 성장치가 모두 0이었는데 몬스터를 죽여 성장치를 올릴 수 없는 이곳에서는 어쩔 수 없는 듯했다.

한데 문신의 능력은 영기 사용량이 많은 모양이었다. 문신은 금방 빛이 어두워졌고, 사람들은 뒤로 밀렸다.

그때 중앙의 여성이 양손을 내밀자 달려들던 여러 마리의 몬스터가 공중에서 덜컥 멈추었다.

그 몬스터들은 다른 문신의 인간들이 처치했다. 한숨 돌리는 모양새다.

그때였다. 문신을 한 인간 쪽 진형이 흔들리기 시작했다. 성준 일행을 본 것이다. 그들은 성준과 일행의 등장에 몹시 혼란스러워했다.

"쿠어어억!"

"캬아아앙!"

몬스터들 뒤에 있는 엘리트 몬스터들의 고함이 울려 퍼졌고, 몬스터들의 공격이 거칠어졌다. 몬스터들도 성준 일행을 본 것이다.

성준 일행에 거부감을 느낀 몬스터들은 더욱 거칠게 문신을 한 인간들을 공격했다.

성준은 상황을 보고 일행에게 지시했다. 우선 살려놓고 봐야 할 것 같았다.

"모두 공격! 측면에서 몬스터를 무너뜨린다!"

일행은 강변에 나 있는 도로를 달리기 시작했다.

몬스터들과 성준 일행이 충돌했다.

몬스터들의 측면은 일행에 의해 그대로 무너져 버렸다.

1레벨과 2레벨 몬스터들은 재식의 방어를 뚫을 수 없었고, 일행의 공격을 방어할 만한 능력을 가진 몬스터도 존재하지 않았다.

몬스터들은 성준 일행의 난입에 혼란스러워하다가 급격히 무너져 내렸다.

문신한 인간들도 성준 일행의 난입에 혼란스러워했지만 그들이 몬스터들을 공격하는 모습을 보고는 표정이 밝아지면서 몬스터들을 공격하기 시작했다.

몬스터들이 무너져 내리는 것을 바라보던 2레벨 엘리트 몬스터들은 갑자기 움찔 놀란 듯한 모습을 보였다. 엘리트 몬스터들은 뒤쪽을 바라보더니 급하게 소리를 질렀다.

"콰아아아!"

소리가 사방으로 퍼지자 공격하던 몬스터들이 급하게 물러서기 시작했다. 이어 엘리트 몬스터들도 사방으로 달려갔다. 마치 어떤 존재가 무서워서 도망가는 것 같았다.

잠시 뒤 강변엔 성준 일행과 문신을 한 사람들만 남게 되었다.

두 그룹은 서로의 눈치를 살피고 있었다. 문신한 인간 쪽은 중앙의 여성이 나서야 했지만 그녀는 어떻게 해야 할지 결정을 내릴 수 없어 말을 하지 못했고, 성준은 문신한 사람들은 신경 쓰지 않고 멀리 도시 쪽을 바라보고 있었다.

결국 문신 쪽 여성이 우물쭈물 앞으로 나섰다. 그녀는 손바닥을 들어 올리고 수리를 향해 말했다. 그녀는 성준과 수리 중 누구에게 말을 할까 하다가 정찰을 한 치카소가 가장 강하다고 말한 수리에게 말을 건 것이다.

"평안하신가요? 살라시 땅의 제2 탐색팀의 팀장 유먼입니다."

성준은 그녀의 말에 어이가 없어 고개를 돌려 그녀를 바라보았다. 지구 나이로 20대 후반으로 보이는 얼굴에 틀어 올린 붉은 머리를 하고 있었는데 아름답지는 않지만 이목구비가 뚜렷했다.

그녀는 자신이 무슨 잘못을 했는지 전혀 모르는 표정이었다. 그녀는 적일지도 모르는 상대에게 자신과 소속 집단의 정보를 한껏 뽐낸 것이다.

성준은 그녀의 말에서 이 별, 혹은 이 대륙이 살라시라고 불리고 몇 개의 탐색팀을 가지고 있는 세력이 존재한다는 것을 알았다.

성준은 능력으로 정보들이 조합되기 시작했다.

—악마의 땅에 생존자가 존재.

—살아남기 위해 숨어 있을 것이 분명함.

—왜 지금 나타났나?

—악마 몬스터들이 사라져서?

—이곳에는 왜?

—정찰? 왜? 신전이 부서지고 가디언들이 정지돼서?

—가디언들은 왜 없을까?

—이들이 가져갔을 것. 혹시 배에 있을지도.

성준은 배를 향해 감각을 활성화했다. 과연 가디언들이 있었다.

아마 이들은 가디언들을 데리고 자신들이 숨어 있는 본거지로 이동할 생각이었는지도 몰랐다.

성준이 그녀에게 내린 경솔하단 평가는 좀 가혹할지도 몰랐다. 성준을 제외하고는 그런 식의 유추를 할 수 있는 사람은 거의 없을 것이기 때문이다.

그녀의 인사를 받은 수리는 고개를 흔들며 성준을 가리

켰다.

"저희 일행의 대표는 제 주인님이세요."

유먼이라는 여성은 그대로 굳어버렸다. 자동 번역된 수리
의 말은 그녀의 생각을 멈추게 하기에 충분했다.

"저, 번역이 잘못된 것은 아니죠? 주인님으로 부르신 것 같
은데……."

정신이 없던 그녀가 더 말을 하려고 할 때 성준이 그녀의
말을 막았다. 거대한 영기가 다가오고 있었다.

"몬스터가 접근합니다."

성준의 말에 일행은 번개같이 무기를 들고 진형을 갖추었
다. 그리고 성준이 바라보는 방향을 바라보았다.

잠시 뒤 거대한 몬스터가 건물 뒤쪽에서 나타나 일행을 향
해 다가왔다. 머리가 세 개 달리고 입에 불을 머금은 거대한
늑대의 모습이다. 3레벨 엘리트 몬스터였다.

유먼은 비명을 질렀다. 이 도시의 네 지배자 중 하나가 나
타난 것이다. 자신들의 최고 공격대와 의장님이 나서야 방어
가 가능한 몬스터였다.

이대로라면 모두 전멸이었다.

"모두 배에 타요. 달아날 수 있는 한 달아나야 해요."

살아날 가능성은 적었지만 그래도 할 만큼은 해봐야 했다.
혹시 눈앞의 이방인들이 시간을 벌어줄지도 몰랐다. 그녀는

곧 목숨을 잃을 이방인들의 모습에 심장이 아팠지만 무시했다.

유민의 말에 그들은 배를 향해 뛰었다.

성준은 그 모습을 보고 한숨을 내쉬었다. 이대로 배를 타고 도망가면 곤란했다.

"보람아, 배를 좀 잡고 있어줘."

"네."

성준의 말에 보람이 강가를 향해 걸어가서 강 쪽으로 손을 내밀었다. 그러자 보람의 손과 강물이 물줄기로 연결되었다.

"잡았어요. 웬만해서는 도망가지 못할 거예요."

배 주변의 물살이 소용돌이치고 있다.

성준은 보람의 말에 고개를 끄덕였다. 이어 그는 자신의 검을 소환했다. 건물 뒤에서 몬스터가 이쪽으로 다가오고 있다.

"그럼 가볼까?"

성준은 손에 검을 쥐고 몬스터를 향해 몸을 날렸다.

3레벨 엘리트 몬스터는 그야말로 성준에게 난타를 당하고 구슬을 떨군 후 영기가 되어 사라졌다.

엘리트 몬스터는 입에서 화염을 내뿜고 꼬리에서 광선을 쏘며 격렬하게 전투에 임했지만, 성준에게는 크게 문제가 되지 않았다. 몬스터의 피부도 단단했지만 강화된 성준의 검에는 의미가 없었다.

몬스터의 능력으로 단단해진 피부는 4레벨까지 올라간 검의 절단강화에 썰려 나갔고, 입에서 내뿜는 화염과 꼬리의 광선은 이동속도 강화까지 사용해서 빠르게 움직이는 성준을 맞출 방법이 없었다.

사방의 건물이 몬스터의 화염과 광선에 터지고 무너졌지만 이미 그곳에는 성준이 없었다.

오히려 성준의 검에 의해 움직임이 굼떠진 몬스터는 결국 성준의 주먹에 맞아 건물을 무너뜨리며 쓰러졌고, 검이 목에 박히고 말았다. 그리고 몬스터가 정신을 차리기 전에 성준의 검에서 독이 쏟아져 나와 몬스터의 온몸을 좀먹었다.

몬스터는 다시 깨어나지 못하고 영기가 되어 사라졌다.

성준이 구슬을 집어 들고 일행을 향해 돌아서자 재식이 일행 전체를 방패 능력으로 감싼 것이 보였다. 방패 능력 위로 먼지가 소복이 쌓여 있다. 성준은 그 모습을 보고 자신의 모습을 돌아보았다.

온몸이 하얗다.

몬스터와 싸우느라고 온통 먼지를 뒤집어쓴 모양이다. 재식은 전투에서 쏟아져 나오는 먼지를 피하느라 방패 능력을 사용한 것인데 물론 마리아 때문이었다.

성준은 보람의 능력으로 흠뻑 물을 뒤집어쓰고 나서야 깨끗해져서 배로 다가갔다. 그동안 몬스터와 전투 때문에 자세히 못 본 배를 이제야 확인할 수 있었다.

배는 석탄으로 움직이는 배처럼 보였다. 중앙에 커다란 굴뚝이 있었는데 그래도 다행히 옆에 수차가 없는 것으로 보아 스크류로 움직이는 것 같았다.

성준은 고개를 끄덕였다. 전기나 폭발 방식의 내연기관을 쓸 수 없지만, 석탄 등을 사용하면 충분히 기관을 돌릴 수가 있었다.

"오옷, 스팀펑크!"

다희가 어느새 배를 보고 감탄하고 있었다. 그녀는 이런 옛날 기관에도 로망이 있었나 보다.

크기는 성준이 한강에서 본 유람선 정도의 크기로 일행을 충분히 태울 수 있을 것 같았다. 성준은 배를 보고 만족했다.

한편 배 위의 사람들은 성준을 보고 두려움에 떨고 있었다.

3레벨 엘리트 몬스터가 다가오자 그들은 팀장인 유민의 말에 따라 배에 올랐다. 그들은 아직 예열이 안 된 기관은 포기하고 능력을 사용해서 배를 강제로 움직이려고 했다. 하지만 그들의 능력으로는 배가 꿈쩍도 하지 않았다.

배가 움직이지 않아 급해진 이들의 귀에 몬스터의 비명이 들려왔다. 그리고 그들은 믿어지지 않는 광경을 보게 되었다.

단 한 사람이 지배자급 몬스터와 싸우고 있었다. 아니, 일

방적으로 몰아붙이고 있었다.

사람들은 능력을 사용하는 것도 멈추고 성준과 몬스터의 전투를 바라보았다. 그들은 그런 전투를 처음으로 보았다.

잠시 뒤 성준이 몬스터를 쓰러뜨리자 이번에는 저 무시무시한 사람에 대해 걱정이 치솟았다. 자신들은 그들을 놔두고 도망치려고 한 상황이었다. 저들이 자신들에 대해 나쁜 마음을 먹으면 대항할 방법이 없을 것 같았다.

더군다나 그는 여자 노예를 데리고 있다.

팀장인 유먼의 얼굴은 그 생각에 더욱 어두워졌다.

하지만 유먼은 목숨을 걸고 배에서 내려 성준에게 다가갔다. 그녀는 이 팀의 리더로서 일행을 무사히 돌려보내야 했다. 그리고 그녀의 뒤에서 그녀의 팀원들은 그녀를 불안한 얼굴로 바라보았다.

성준은 그녀의 모습을 감각으로 확인하고 피식 웃었다. 그녀의 모습은 마치 도살장에 끌려오는 소 같은 모습이다.

성준은 우물쭈물하는 그녀에게 단도직입적으로 요구 사항을 말했다. 이리저리 놀려먹을 수도 있을 것 같지만 그럴 이유도 시간도 없었다.

"다음 도시까지 배를 좀 얻어 탔으면 합니다. 그걸로 여러분을 공격하던 몬스터들을 우리가 처치한 보상과 당신들이 우리만 놔두고 도망치려던 것은 없던 것으로 하지요."

유먼은 한껏 긴장하고 있다 성준의 말을 듣고는 멍하니 그를 바라보았다. 그녀는 왠지 맥이 빠지는 기분이 들었다.

혹시나 하는 의심도 들었지만 다른 방법이 없었다. 괜히 거절했다가는 큰일이 날 것 같아 일행을 배에 태워주었다.

성준과 일행은 이 살라시족 사람들을 위해 뱃머리에 모여 앉았다. 성준은 이 사람들을 땅의 이름을 붙여 살라시족으로 부르기로 했다.

그들이 그렇게 주변을 둘러보며 배의 갑판에 앉아 있으니 기관의 예열이 끝난 것 같았다. 굴뚝에서 연기를 뿜으며 배가 움직이기 시작했다.

배가 나루터를 떠나 강에 접어들자 살라시족 팀의 리더인 유먼이 성준이 쉬고 있는 뱃머리로 다가왔다.

그녀는 어쨌거나 처음 접속한 외부인에 대한 정보를 얻어야 했다. 그들 자신을 위해서도 이들이 어디서 왔으며 어디를 가는지 꼭 알아야 했다.

그녀는 다시 한 번 조심스럽게 성준에게 인사를 했다. 그리고 질문을 하려고 하는데 성준의 말에 의해 질문을 멈추어야 했다.

"이 배가 더 빨리 움직여도 괜찮을까요? 저희 쪽에 이 배를 더 빨리 움직일 수 있는 검투사가 있습니다."

성준의 말에 그녀는 허락했다. 어차피 급하게 되면 자신들도 능력을 사용해 배를 가속하기도 했다. 하지만 이 거대한 배를 움직이기에는 모든 사람이 많은 영기를 사용해야만 해서 짧은 시간만 가능했다.

성준과 그녀의 대화를 듣고 있던 보람이 그녀가 허락하자 앉은 채로 한 손을 앞으로 뻗었다. 그러자 그녀의 손에서 작은 물줄기가 배의 선수를 지나 물속으로 들어갔다.

쿠앙!

배가 움찔하더니 앞으로 치고 나가기 시작했다. 기존보다 세 배가 넘는 속도이다.

배는 물살을 가르며 달려 나갔다. 유먼은 사람이 달리던 속도에서 갑자기 엄청난 속도로 움직이는 배를 보고 어안이 벙벙했다. 아무래도 이들은 자신이 가늠해서는 안 되는 사람들 같았다.

그런 그녀를 보며 성준이 자신들을 소개했다.

"저희는 지구라는 별에서 온 검투사들입니다. 저희 별도 몬스터홀에 침공을 당한 상황입니다. 저희는 던전을 만든 악마 몬스터가 넘어온 공간 연결진을 역추적해서 이곳에 온 것입니다."

성준은 의도적으로 몇 가지를 빼고 이야기했다. 다행히 번역은 잘된 것 같았다. 그녀는 성준의 축약된 이야기만으로도 무척이나 놀랐다.

"그럼 여러분의 별은 아직 괜찮은가요? 던전은 몇 레벨까지 열렸죠? 넘어간 악마는 어떻게 됐죠? 그동안 어떻게 버텼어요?"

그녀는 성준에게 질문을 쏟아냈다. 하지만 성준은 곱게 대답해 줄 생각이 없었다.

"한 가지씩 서로 질문하도록 하죠. 우선 제가 하나 답변하겠습니다. 우리 별은 아직 버티고 있습니다. 여러분 별은 공격당한 지 얼마나 되었습니까?"

성준의 말에 그녀의 표정이 어두워졌다.

"벌써 100년이 지났죠. 이제 그때를 기억하는 사람도 몇명 없어요."

성준은 그녀의 말에 고개를 갸우뚱했다. 몇 명 없다는 말은 아직 살아남은 사람이 있다는 말이다.

"아시다시피 3레벨이 넘어가면 노화가 거의 정지돼요. 수명도 몇 배로 늘어나고요. 하지만 3레벨이 넘는 것이 거의 불가능해서 그 인원은 무척 적고 그 사람들마저도 놈들의 사냥에 몇 명 남지 않았죠."

그녀의 말에 헤라가 주먹을 불끈 쥐었다. 이대로 죽지만 않으면 미인 장수의 꿈을 이루는 것이다.

"저 여자분 그럼 할머니겠네?"

다희가 헤라에게 속삭였다. 다희는 그녀의 말에서 다른 부분을 주목했다.

콩!

"아야!"

다희는 머리를 잡고 자신의 머리에 꿀밤을 먹인 사람을 돌아보았다. 거기에는 수리가 주먹을 쥐고 있었다.

"죄송합니다."

한마디 하려고 하던 그녀는 수리를 보고 그냥 사과할 수밖에 없었다. 그녀가 수리를 놀린 격이 되어버렸기 때문이다.

성준은 유먼이라는 여성이 너무나 순진해서 미안할 정도였다. 한마디 질문에 정보가 술술 잘도 나왔다.

"그럼 두 번째 질문에 대답하죠. 저희 별은 3레벨 몬스터홀까지 열렸습니다."

성준의 말이 끝나자 그녀는 바로 질문했다.

"그 몬스터홀, 제거할 수 있었나요? 저희는 3레벨 몬스터홀을 제거하지 못했어요."

성준은 속으로 한숨을 내쉬며 그녀에게 말했다.

"제가 질문할 차례입니다. 혹시 이런 배를 더 구할 곳이 있습니까? 아니면 빌려주실 수 있는지요."

성준이 제일 중요한 문제를 물어보았다. 예상보다 좀 더 크지만 보람이 충분히 움직일 수 있고 밤에도 여기서 쉴 수가 있어 뗏목보다는 훨씬 나았다. 돌아올 때를 생각해도 배는 필요할 것 같았다.

그녀는 잠시 생각하더니 고개를 흔들었다.

"아무래도 힘들 거 같아요. 다른 배들은 시간이 지나 모두 쓸 수가 없고, 이것도 저희가 100년에 걸쳐서 유지한 거예요. 겨우 두 척밖에 없어서 불가능할 것 같아요."

그녀가 좀 더 이야기하려고 할 때였다. 뒤에서 그녀를 부르는 소리가 들렸다.

성준과 그녀가 돌아보자 그곳에는 그녀의 동족 중 한 명이 심각한 얼굴로 서 있다. 그는 피곤한 얼굴의 중년 남자였는데 성준은 그의 영기를 바로 알아보았다. 이곳에 왔을 때 처음 관찰당한 영기와 같았다.

그녀는 중년 남자의 부름에 성준에게 사과하고 그에게 다가갔다.

치카소의 이야기를 듣고 그녀의 얼굴이 빨갛게 변했다. 그리고 그에게 사과하고 배 안쪽으로 달려갔다. 치카소도 성준에게 인사를 하고 배로 돌아갔다.

성준은 감각으로 확인하고 쓴웃음을 지었다. 저 남자가 그녀의 실수를 알려준 것 같았다. 아마 더 이상의 정보는 얻기 힘들 것 같았다.

아마도 저 중년 남자가 정치 부분을 담당하는 듯 뒤늦게 상황을 알고 그녀를 제지한 것이다. 하지만 너무 늦었다. 이미 성준의 머릿속엔 대충 이 조직의 모습이 그려져 있었다.

　호무아는 작은 원형의 유리창으로 성준을 바라보며 눈을 빛냈다.

　그는 몬스터들이 물러가자 몬스터를 끌어들인 벌의 의미로 이 독방에 갇히게 되었다. 성역에 돌아가서는 크게 벌을 받게 될 것이 분명했다. 호무아도 자신의 잘못을 잘 알고 있어서 군말 없이 이 독방에 들어왔다.

　하지만 그는 벌을 받게 되면 다시는 성역 밖으로 못 나올 것이 분명해 그 점이 무척이나 안타까웠다. 다시 한 번 기회를 주면 정말 잘할 수 있는데 이제는 기회가 없을 것 같았다.

　그렇게 한탄하고 있는 그의 귀에 팀장의 목소리가 들려와 그는 조그마한 창에 매달려 그녀와 성준의 모습을 바라본 것이다.

　호무아는 성준에게 놀라 몬스터를 끌고 오게 되어 성준을 원망하기도 했지만, 그의 놀라운 무력에 그만 홀딱 반하고 말았다.

　호무아는 창밖의 성준을 보며 어떡하든지 성준을 따라다니며 자신도 그처럼 강해지고 싶었다.

성준과 일행은 배에서 텐트를 치고 잠자리에 들었다. 배 아래 선실로 안내하려던 사람들은 눈앞에 나타난 텐트에 놀라 조용히 다시 들어갔다.

*   *   *

도시에 내려선 악마 푸르손은 신전으로 향했다. 보고가 우선이었다.

푸르손은 우선 영지의 중심에 있는 문양을 이용해 가미긴에게 공간 연결진이 열렸다고 이야기해 주었다.

그 이야기를 듣고 악마 부네가 죽지 않은 것을 알아차린 가미긴이 투덜거렸다. 자신의 인지가 잘못된 것을 인정하기가 싫었던 모양이다. 전자기기를 멈추게 하는 문양의 능력에 가미긴은 짜증이 났다. 도시의 신전이 아니면 서로 간에 연락할 방법이 없었기 때문이었다.

푸르손이 중간 도시에 있다고 이야기하자 가미긴은 지구에서 돌아온 악마 부네와 같이 돌아오라고 이야기했다. 푸르손은 자기 생각대로 되자 무척이나 즐거웠다.

이야기를 마친 악마 푸르손은 신전의 가디언들을 모아 임시 마스터로 등록했다. 이 영지의 악마 몬스터가 가미긴에게 먹혀 버려 마스터가 가미긴으로 바뀐 상태이다.

본래라면 가디언의 마스터를 절대 바꿀 수 없지만, 자신은 악마 가미긴과 계약으로 묶인 사이다.

자신도 어차피 가미긴에게 저항할 수 없으므로 가디언들의 임시 마스터로 등록할 수 있었다.

다음 날, 푸르손은 바로 가디언들을 데리고 사냥을 시작했다.

어차피 시간을 보내야 하니 사냥이나 하며 보낼 생각이다.

그렇게 가디언들과 도시를 다니며 한참을 사냥하던 푸르손은 멀리서 도망가는 이상한 기척에 미소를 지었다.

쥐새끼가 나타난 것이다.

벌써 수십 년 동안 안 보이던 녀석들이 다시 꼬리를 드러냈다. 아마 자신들이 떼거지로 사라지자 혹시나 하고 머리를 들이민 것 같았다.

악마 푸르손은 자신에게 이런 순간이 온 것을 진심으로 감사했다. 이제야 진짜 사냥의 순간이 온 것이다. 그동안 지구에 내려간 다른 악마 몬스터들을 얼마나 부러워했던가.

이제 이런 가짜 사냥이 아닌 살아서 반항하는 것들을 잡아들이는 즐거움을 느낄 시간이 온 것이다.

푸르손은 기척을 향해 빠른 속도로 날아가기 시작했다.

악마 푸르손은 손을 들어 올렸다. 그는 자신의 손에 목이 잡혀 대롱대롱 매달린 연약한 생명체를 바라보았다. 좀 더 장난쳐 볼까도 생각했지만 작은 기쁨을 위해 큰 기쁨을 놓칠 수는 없었다.

그는 잠시 뒤 자신에게 달려온 가디언들을 죽 살폈다. 다행히 그가 원하는 능력을 가진 가디언이 하나 있었다.

그는 우선 이 약한 종족이 자살을 하면 안 되기에 마비를 걸었다. 다행히 옛날 놈들과 달리 잡히자마자 자살하지 않으니 그로서는 감사할 따름이었다.

마비된 채로 눈알만 굴리는 모습을 보고 그는 매우 즐거웠지만 우선 능력을 걸기 전에 의지를 약하게 만들어야 했다.

가디언의 낮은 능력으로 하려니 불편한 점이 많았다.

"꺄악!"

그는 이 약한 종족의 팔과 다리를 모두 부러뜨려 버렸다.

잠시 그 모습을 바라보던 그는 고통으로 넋이 나가 버린 그녀의 모습에 만족하고 방금 찾은 가디언에게 세뇌 능력을 사용하게 했다.

세뇌 시간은 무척이나 길었다. 역시 낮은 레벨의 세뇌 능력은 한심할 정도로 시간이 걸렸다. 그냥 했으면 실패했을 것이 분명했다.

하지만 결국 세뇌는 성공했다. 그는 바닥에 쓰러져 있는 이 별의 원주민 여성에게 지금 그녀의 종족이 숨어 있는 위치를 물어보았다.

그녀는 멍한 얼굴로 그가 원하는 대답을 했다. 악마 푸르손은 미소를 지었다. 100년 만에 숨어 있던 벌레들을 모두 없앨 수 있게 된 것이다.

그는 바닥에서 떨고 있는 여성을 무시하고 그대로 가디언들과 신전으로 향했다. 빨리 악마 가미긴에게 보고하고 이들을 잡으러 가야 했다. 그는 신이 나서 움직이는 속도가 점점 더 빨라졌다.

혼자 바닥에 누워 있는 여성은 멍하니 하늘만 바라보고 있었다. 그녀에게 명령하는 사람이 없자 고통으로 떨리는 몸을 제외하고 그녀는 아무런 행동을 할 수가 없었다. 그런 그녀에게 몬스터들이 다가왔다.

악마 가미긴은 계속해서 발생하는 사건에 인상을 찡그렸지만, 그에게 가디언들을 이끌고 숨어 있는 원주민을 제거하도록 명령했다.

명령을 내리고 가미긴은 생각을 바꾸기로 했다. 오히려 잘된 일일 수도 있었다.

악마 부네도 돌아오고 있고, 있는지 없는지 알 수가 없던 원주민의 잔당도 없앨 수 있으니 자신에게 확실히 기회가 온 것이 분명했다.

   악마 푸르손은 가미긴의 허락을 받고 미소를 지었다. 이제
자신의 즐거움을 찾으면 그만이다.
   그는 목표의 위치를 다시 확인했다.
   세뇌당한 여자가 말한 곳은 도시의 옆을 흐르는 강의 지류
에 있었다. 능력을 이용해서 그동안 숨어 있던 모양이다.
   어떤 능력이 있는지 그 오랜 세월을 버텨온 것이 신기했다.
우선 그는 근처에 가서 확인해 보기로 했다. 어떤 능력이든지
때려 부수면 그만이었다.
   그는 가디언들을 이끌고 원주민의 마지막 도피처로 출발
했다.

                    *   *   *

   악마 푸르손이 출발하고 얼마의 시간이 지난 뒤 성준 일행
을 태운 배도 그가 있던 도시로 다가가고 있었다.
   성준은 옆쪽으로 다가오는 폐허가 된 도시의 모습을 바라
보았다. 이 도시도 저번 도시와 같은 시기에 폐허가 된 것 같
았다. 파괴된 모습도 거의 같은 모습이다. 단지 이 도시는 처
음의 도시보다 조금 작은 것 같았다.

성준 일행은 갑판에서 텐트를 걷고 아침 식사를 했다. 다양한 음식으로 식사하는 일행의 모습을 지나가다 본 살라시족 사람들은 속으로 신음을 내뱉을 수밖에 없었다.

그들은 살아오면서 성역에서 재배한 이끼 죽과 버섯을 이용한 음식 이외에는 먹어본 일이 거의 없었다.

성역 안에는 빛이 들어오지 않아 다른 식량을 만들 수 없었다. 이야기로만 들어오던 식사 모습에 그들은 서둘러서 자리를 피했다.

일행이 식사를 마치고 자리를 정돈하자 배가 천천히 속도를 줄였다.

배는 도시에서 조금 떨어진 곳에 닻을 내렸다. 성준 일행을 이곳에 내려주기 위해서였다. 이곳에서부터 강은 수많은 지류로 퍼져 나가는 모양이다. 아마 그 지류 중에 이들이 숨어 있는 곳이 있는 모양이었다.

그 당시 리더인 유먼은 지독한 갈등 중이었다. 이대로 저 외부인들을 보내면 안 될 것 같았지만 이대로 자신들의 성역으로 저들을 들여보낼 수도 없었다.

그렇다고 무력에서 크게 밀리는 자신들이 저들을 가지 못하도록 할 수도 없었다. 더군다나 자신들도 임무가 있는 지금 저들을 따라갈 수도 없었다.

바로 그때 그녀의 갈등을 전부 쓸모없는 것으로 만드는 일이 발생했다.

"봉화입니다."

치카소가 손으로 한쪽을 가리키며 말했다. 그녀는 깜짝 놀라 치키소가 가리킨 방향을 바라보았다.

아주 멀리 연기가 피어오르고 있다. 연기는 붉은색이었다.

그녀는 깜짝 놀랐다. 흰색 연기면 몬스터, 회색 연기면 가디언 접근이고, 붉은색 연기면 그들 악마가 성역에 나타났다는 것이다.

연기의 숫자가 하나밖에 보이지 않아 악마가 한 마리뿐인 것 같았지만 악마는 숫자가 의미가 없었다.

그녀가 봉화를 보는 와중에 붉은색 봉화 옆에 녹색의 봉화가 같이 올라왔다. 결계 능력자가 탈출한다는 봉화이다. 성역을 수호하는 결계 능력자가 탈출한다는 것은 성역이 무너진다는 이야기와 다르지 않았다.

그녀는 급하게 상황을 파악했다.

100년간 몇 군데 비상탈출구를 만들어놓고 만약을 대비한 도피처도 준비해 놓았다. 시간이 지나 많은 탈출구가 무용지물이 되었지만, 한 군데의 탈출구는 끝까지 관리하고 있었다. 그곳이 이곳에서 멀지 않은 곳에 있다. 아마도 이 배가 출구에 가장 빠르게 도착할 것 같았다.

그녀는 짐을 사라지게 하는 마술로 짐을 정리하고 심각해진 그녀를 멍하니 바라보는 성준과 일행을 마주 보고 결정을 내렸다.

"하류에 있는 다음 도시까지 가는 거죠? 저희 일행을 태우고 같이 가시죠. 저희가 모셔 드리겠습니다."

비상사태였다. 그녀는 성준의 일행을 끌어들이기로 했다.

성준은 그녀의 생각을 알 수가 있었다. 아무래도 자신들의 도움이 필요한 모양이다.

"무슨 일이죠? 도움이 필요하면 정확하게 말해주세요. 어제처럼 우리를 이용할 생각이면 가만있지 않을 겁니다."

그녀는 성준의 말에 얼굴이 빨개졌다. 그녀는 바로 성준에게 사과했다.

"죄송해요. 악마 몬스터가 우리의 성역을 공격해 왔어요. 중요 능력자가 탈출해서 이쪽으로 오는 것 같아요. 이 배로 다음 도시 근처에 있는 도피처로 이동해야 해요. 그때까지 도움을 부탁할게요."

그녀는 아마 자신들의 비밀을 지키고 싶었던 모양이다. 하지만 성준이 한마디 하자 바로 다 털어놓고 말았다.

성준은 일행을 돌아보았다. 다들 성준의 결정에 따르는 분위기다. 그리고 수리와 주디는 이 별 사람들의 심정에 동감이 가는지 안쓰러운 눈을 하고 있다.

성준은 마음을 굳혔다. 어차피 배가 필요한 상황이다. 현지인의 도움을 받아가며 가는 것이 좋을 것 같았다.

성준과 일행은 이 별에서 가장 강한 악마 몬스터와 상대하기 위해 움직이는 상황이다. 그 밑의 졸개들을 하나하나 제거하며 가는 것도 나쁘지 않을 것 같았다.

성준이 결정을 내리자 멈추었던 배는 닻을 올리고 빠른 속도로 지류 중 한 곳으로 나아갔다.

*   *   *

결계 능력자 야키는 천장에서 물이 떨어져 내리는 동굴을 달리고 있었다.

그녀의 주위에는 10여 명의 그녀 또래의 젊은이들이 달리고 있고, 그들 뒤로 20여 명의 장년인이 젊은이들을 호위하며 달리고 있다.

뒤쪽에서는 계속해서 폭음이 들리고 있다. 그곳에서는 자신들의 부모님과 친구들이 몸을 던져가며 시간을 벌고 있다.

야키는 뛰면서 정신을 차리려고 애를 썼다. 하지만 결계를 유지하기 위해 혹사하고 있던 정신이 갑작스러운 충격과 육체의 혹사에 가물거렸다.

그녀는 정신을 차리기 위해 오늘 벌어진 일들을 다시 회상했다.

'우선 밤새도록 결계를 유지하고 언니랑 교대해서 식사를 했어.'

그리고 그녀는 자신의 방으로 들어갔다. 그때 머리 위에서 폭음이 들려왔다.

성역, 아니, 자신들의 동굴 마을 영역에 적이 침입한 것이다. 그녀는 전처럼 마을을 발견하지 못하고 지나가 주기를 바랐다. 숨어버린 이 별의 원주민을 찾기 위해 몇 년에 한 번씩 가디언들이 소란을 피우는 경우가 있었기 때문이다.

하지만 그녀의 소망은 이루어지지 않았다. 그녀의 감각에 언니의 결계가 크게 흔들리는 것이 느껴졌다. 그리고 잠시 뒤 결계의 방에서 언니의 비명이 들렸다.

그녀는 언니의 방으로 뛰어들어 갔다. 그리고 그곳에서 사방에 피를 토하고 쓰러져 있는 언니의 모습을 발견할 수 있었다.

하지만 그녀는 여태 결계를 유지하는 일만 했을 뿐 다른 것에 대해 교육을 받은 적이 없었다. 그녀는 쓰러진 언니를 보고도 아무것도 할 수가 없었다.

그때 마을의 의장인 다코타가 사람들과 함께 결계의 방에 뛰어들어 왔다.

그는 피를 흘리며 쓰러진 그녀의 언니에게 다가가 몸의 이곳저곳을 확인한 후에 고개를 흔들었다. 아마도 회생할 수 없는 모양이었다. 그리고 언니의 모습에 넋이 나간 듯한 그녀를 이끌고 달리기 시작했다.

그녀는 언니가 있는 방향을 향해 소리를 질렀지만 아무도 그녀의 비명에 호응하지 않았다. 그리고 그녀는 사람들의 손에 이끌리어 계속 달렸고, 이 동굴 안에 들어오게 되었다.

처음에는 많은 사람이 같이 달렸는데 점점 사람 수가 줄어 이제는 반 정도밖에 남지 않았다. 도망치는 시간을 벌어주기 위해 사람들이 차례로 남은 것이다.

그리고 길었던 동굴도 결국 끝이 났다. 앞이 막힌 것이다. 그러자 폭발 능력자 한 명이 나섰다. 그는 벽 앞에 서서 벽에 손을 대고 능력을 사용했다. 그러자 벽 안에서 큰 소리가 났고, 그가 손을 내리자 벽이 무너져 내렸다.

그녀와 일행은 무너진 벽을 지나서 밖으로 나갈 수 있었다.

이곳은 아래쪽에 강의 지류가 보이는 작은 언덕 위다. 긴장하며 사방을 살피던 사람들이 한쪽을 바라보며 얼굴이 환해졌다. 그녀도 사람들이 보고 있는 방향을 바라보았다. 그곳에서는 가디언들을 구해오라고 보낸 자신들의 배가 다가오고 있었다.

하지만 밝아졌던 사람들의 표정이 다시 어두워졌다. 배 뒤쪽으로 엄청난 숫자의 몬스터가 따라붙고 있었다. 저 몬스터들은 이 강의 지류에 존재하는 수륙 양생의 동물인데 급하게 달려오느라 저 동물들을 다 깨운 것 같았다.

그녀가 보기에도 배를 멈출 수 없을 것 같았다. 배가 멈추었다간 그대로 저 몬스터들의 공격을 받을 수밖에 없을 것 같았다.

하지만 그녀의 예상과는 다르게 배는 그녀와 사람들이 서 있는 언덕의 앞 강변으로 다가오다가 점점 멈추어 섰다. 그리고 속도가 줄어든 배의 뒤쪽으로 몬스터들이 덮쳤다.

콰콰콰콰쾅!

배 뒤쪽에서 하늘을 향해 물이 솟구쳐 올랐다. 한 군데가 아니었다.

그녀도 저런 폭발을 본 적이 있었다. 폭발 능력을 가진 능력자가 화살을 물에 쏘면 저런 현상이 일어났다. 하지만 이렇게 큰 위력을 가진 능력은 처음 보았다.

갑작스러운 폭발에 몬스터들이 움찔하며 멈추자 보람과 마리아의 콤비 공격이 몬스터들에게 작렬했다.

몬스터들은 얼음 창에 꽂혀 물속에 잠겨 버렸고, 단지 스치기만 한 몬스터들도 모두 마리아의 마비 독 때문에 그대로 멈추고 말았다.

얼음 창이나 일행의 활에 의해 조금이라도 상처를 입은 모든 몬스터는 성준의 독의 침범을 받고 말았다.

성준은 배의 후미에 내려서 물 위를 밟고 검을 물에 찔러

넣고 있었다. 그는 검의 독을 물에 가득 푼 상태였다. 조금이
라도 상처가 있는 몬스터는 모두 독에 중독돼서 영기가 되어
버렸다.

성준은 배를 쫓던 몬스터가 다 사라지자 물 위를 걸어 강변
에 올라선 후 언덕 위의 사람들에게 인사를 했다.

그 모습을 본 야키의 눈이 초롱초롱 빛났다.

『몬스터홀』 8권에 계속…

즐거운 인생

미더라 장편 소설

FUSION FANTASTIC STORY

A Bittersweet Life

삶의 의욕을 모두 잃은 주혁.
어느 날 녹이 슨 금속 상자를 얻는데……

"분명 어제도 3월 6일이었는데?"

동전을 넣고 당기면 나온 숫자만큼 하루가 반복된다!

포기했던 배우의 꿈을 향해 다시금 시작된 발돋움.
눈앞에 펼쳐진 새로운 미래.

과연 그는 목표를 이루고
인생을 바꿀 수 있을 것인가!

Book Publishing CHUNGEORAM

유행이 아닌 자유추구 -
WWW. chungeoram.com